Elia Barceló
Das schwarze Brautkleid

Zu diesem Buch

Buenos Aires, 1920. Natalia, die Tochter einer aus Spanien eingewanderten Familie, soll heiraten. Der Vater hat einen deutschen Matrosen für sie ausgesucht. Er will sein Kind versorgt wissen, denn er selbst ist krank und wird bald sterben. Doch Natalia liebt diesen Mann nicht, wird gegen ihren Willen in die Ehe gedrängt. Als auf der Vermählungsfeier zum Brauttanz aufgespielt wird, übernimmt der Musiker Diego den Hochzeitstango, da der Deutsche nicht tanzen kann. Was Natalia nicht weiß: Diego hat schon lang sein Herz an sie verloren. In der schüchternen Hoffnung, sie abwerben zu können, hat er vor ihrem Fenster gespielt. Jetzt hält Diego die geliebte Natalia in den Armen – und zwischen den beiden entbrennt eine Leidenschaft, die nicht sein darf ...

Elia Barceló, 1957 in Elda bei Alicante geboren, lebt seit vielen Jahren in Innsbruck. Bereits ihrem ersten auf Deutsch erschienenen Roman »Das Geheimnis des Goldschmieds« bescheinigt die Frankfurter Allgemeine Zeitung einen »unwiderstehlichen Sog«, den sie mit ihrem Bestseller »Das Rätsel der Masken« noch steigern konnte und nun perfektioniert. Zuletzt erschienen von ihr »Töchter des Schweigens«.

Elia Barceló

Das schwarze
Brautkleid

Roman

Aus dem Spanischen von
Stefanie Gerhold

Piper München Zürich

Mehr über unsere Autoren und Bücher:
www.piper.de

Von Elia Barceló liegen vor:
Das Geheimnis des Goldschmieds (Piper)
Das Rätsel der Masken (Piper)
Die Stimmen der Vergangenheit (Piper)
Das schwarze Brautkleid (Piper)
Töchter des Schweigens (Pendo)

MIX
Papier aus verantwortungsvollen Quellen
FSC® C083411

Deutsche Erstausgabe
November 2011
© 2007 Elia Barceló
Titel der spanischen Originalausgabe:
»Corazon de Tango«, 451 Editores, Madrid 2007
© der deutschsprachigen Ausgabe:
2011 Piper Verlag GmbH, München
Umschlagkonzept: semper smile, München
Umschlaggestaltung: Cornelia Niere, München
Umschlagmotiv: Ayal Ardon / Trevillion Images
Satz: Kösel, Krugzell
Gesetzt aus der Bembo
Papier: Munken Print von Arctic Paper Munkedals AB, Schweden
Druck und Bindung: CPI – Clausen & Bosse, Leck
Printed in Germany   ISBN 978-3-492-27193-6

Allen Männern und Frauen, die einmal die Magie des Tango erfahren haben.
Allen Männern und Frauen, die auf der Suche nach der Liebe sind.

Für Klaus, den Mann meines Lebens, den ich vor mehr als einem Vierteljahrhundert beim Walzertanzen kennengelernt habe.

Das Akkordeon erklingt, wozu noch Licht;
es ist Nacht auf dem Tanzboden, ob sie wollen oder nicht,
die Schatten versammeln sich, rufen:
Griseta, Malena, Mariester…
Die Schatten, vom Tango gelockt,
rufen sie mir in den Sinn,
lasst uns tanzen, ich sehne mich so
nach ihrem glänzenden Kleid aus Satin.

Wem gehört das Klagen der Geige?
Welche sehnsüchtige Stimme,
müde zu leiden,
kann so schluchzen und wimmern?
Vielleicht ihre Stimme,
die so jäh
verstummte…
Vielleicht der Alkohol,
vielleicht…!
Ihre Stimme wohl kaum,
ihre Stimme lebt nur noch im Traum;
es sind, ich weiß es wohl,
die Gespenster des Alkohols.

Sie war wie du, blass und entrückt,
schwarz das Haar, die Augen grün.
Im ersten Morgenlicht war auch ihr Mund
eine traurige rote Blume.

Eines Tages kam sie nicht ...
Ich habe gewartet mit Blick auf die Uhr ...
bis ich von ihrem Ende erfuhr ...
Drum versinke ich mit den Schatten der Tangos
vergeblich in meiner Erinnerung an sie.

Der Tango *Vielleicht ist es der Alkohol* wurde später in *Vielleicht ist es ihre Stimme* umbenannt. Der Text ist von Homero Manzi (Homero Nicolás Manzione Prestera), die Musik von Lucio Demare. Die älteste Aufnahme stammt vom 6. Mai 1943. Später hat Libertad Lamarque den Tango in einer leicht veränderten Fassung gesungen, in der sich eine Frau an einen Mann erinnert:

Er war wie du, blass und entrückt,
schwarz das Haar, die Augen grün.
Seine Hände waren sanft, und traurig seine Weise
wie der Gesang der Geige ...

Eins

Ich lernte sie bei der Milonga kennen, während der Sturm in jener Aprilnacht den Geruch des Flusses und der feuchten Wälder in die von Bergen umgebene Stadt trug, in der ich wieder einmal beruflich unterwegs war.

Als ich ankam, war es schon nach elf und die Stimmung so kläglich, dass ich fast kehrtgemacht hätte. Eigentlich hätte ich mich im Hotel ausruhen sollen, nachdem ich so viele Stunden vor dem Bildschirm gesessen und mich damit abgemüht hatte, in das Chaos dieser Firma ein wenig Ordnung zu bringen. Aber die Leidenschaft siegte, ich war noch nicht zur Tür herein, als Gardels Stimme zu den ersten Liebesschwüren anhob − *»Si supieras que aún dentro de mi alma conservo aquel cariño que tuve para ti«* −, und im selben Augenblick wusste ich, dass ich bleiben würde, zumindest solange er sang, solange sich eine Frau schweigend an mich schmiegte und vom Zauber des Tangos forttragen ließ.

Die Frauen waren wie immer in der Überzahl, sie lehnten verträumt oder sehnsüchtig an der Wand oder standen rauchend in einer Ecke des Saals, im sanften Licht von ein paar mit rosa Stoff verhangenen Glühbirnen. In der Mitte, auf der runden Fläche zwischen den Tischen, tanzten einige Paare in Straßenkleidung, ernst und mit geschlossenen Augen.

Ich war nicht zum ersten Mal auf so einer Veranstaltung, es war ein typischer Gemeindesaal mit an die Wände gerückten Tischen, Pappbechern und Thermoskannen mit Erfrischungsgetränken irgendwo in einer Ecke und hohen Fenstern, die im nächtlichen Wind klapperten. Es rührte mich jedes Mal wieder von Neuem, dass sich in einer mitteleuropäischen Kleinstadt an einem Werktag Leute wie ich fanden, die wertvollen Schlaf opferten, um ihre Tanzleidenschaft auszuleben, und sei es in einem hässlichen, seelenlosen Saal mit einem Gettoblaster und einem Stapel CDs.

Ich hatte Innsbruck immer als trist empfunden, vielleicht weil ich die Stadt nur abends kannte, wenn die Sonne schon untergegangen war, oder frühmorgens, bevor sie aufging. Eine graue Stadt voller grauer Menschen, als würde die jahrhundertealte Geschichte mitsamt ihren Toten wie eine Steinplatte auf ihnen lasten und ihre Blicke, ihr Gemüt und ihre Stimmen dämpfen. Für einen kurzen Moment kam ich mir vor wie in einer Gespensterrunde, aber das lag am Tango, der eine ähnlich benebelnde Wirkung hat wie der Alkohol. Und dennoch war der Gedanke an Gespenster nicht verkehrt, denn nachts bei der Milonga kam eine Seite von mir zum Vorschein, die mich tagsüber nicht weiter beschäftigte, und mit meinem nächtlichen Ich die Sehnsucht nach einer Zeit, die ich nicht erlebt hatte, und nach einer Frau, die auch nie in La Boca auf mich gewartet hatte.

Niemand begrüßte mich. Als ich den Mantel ablegte und mir im Sitzen die Tanzschuhe anzog, taxierten mich mehrere Frauen und schlossen von meinen langsamen, gezielten Bewegungen auf mein Können, voller Erwartung, wie gewandt meine Schritte über die Tanzfläche gleiten, wie sicher meine Arme sie führen würden.

Bei keiner anderen zivilisierten menschlichen Tätigkeit ist es möglich, dass ein Mann eine Frau so führt und sie sich ihm so bedingungslos fügt. Der argentinische Tango ist der einzige Pakt, der nicht gebrochen werden kann. Vielleicht war ich ihm deshalb so leidenschaftlich verfallen, seit ich ihn vor langer Zeit bei einem Aufenthalt in Buenos Aires entdeckt hatte.

Mein nächtliches Ich, der Tangobesessene, der Milonguero, den niemand aus meinem Tagleben kannte, stand auf, es war immer das gleiche Spiel, mein Körper war wie verwandelt, hatte auf einmal ein sicheres Gespür für sein Gewicht, die Balance, die leichte Reibung der Ledersohle über dem glattem Parkett, die Drehung in den Hüften, die Brust, die sich zur Frau öffnet.

Da erblickte ich sie. Sie stand ganz hinten im Saal, mit der Schulter an eine Tür gelehnt, die einen Spalt offen stand, sodass der hereinfegende Wind einen Zipfel ihres engen, seitlich geschlitzten Satinrocks hob und ein von schwarzer Seide umspieltes Bein entblößte. In ihrer feinen Hand lag eine Zigarette, die neben ihrem Schenkel vor sich hin qualmte. Sie trug hohe Tanzschuhe mit gekreuzten Riemchen.

In dem schwachen Licht konnte ich ihr Gesicht nicht ausmachen, das zudem nach draußen gewandt war, als blickte sie auf etwas jenseits der Tür, ich sah kaum mehr als ihre langen schwarzen Haare, die mit einem altmodischen, mit funkelnden Strasssteinchen besetzten Kamm hochgesteckt waren, und die goldenen Ohrringe.

Sie war einem alten Album entschlüpft, ein Foto in Sepia, eine Frau, wie es sie nur in den Geschichten gab, die ich mir, angeregt von den Tangotexten, abends vor dem Einschlafen erzählte. Neben ihr erschienen mir auf einmal alle anderen Frauen blass, überflüssig, was, bitte schön, war leidenschaftlich an diesen Mitteleuropäerinnen, die in dem abgedunkelten Saal für ein paar Stunden ihren Alltag als Zahnärztinnen, Sekretärinnen, Hausfrauen vergaßen; von dieser mir allzu bekannten Möchtegernleidenschaft wollte ich nichts mehr wissen, das war passé, nichts im Vergleich zu der betörenden, unmöglichen Wirklichkeit dieser Frau, die auf mich zu warten schien, auf niemand anderen als diesen Unbekannten, der wie in einem Film von anno dazumal plötzlich da war, als hätte ihn der Wind hergeweht.

Sie sah mich nicht kommen. Eigentlich konnte sie mich auch nicht gehört haben, dennoch ließ sie bei den ersten Takten von *Volver* die Zigarette fallen, drehte sich zu mir um, und ihre Augen verschlangen mich. Schwarze, wie Spiegel glänzende Augen zwischen langen Wimpern. Eine Sekunde später tanzten wir.

Es war wie Fliegen, wie Schweben in einem tiefen, warmen Gewässer, durch das sich der schleppende Rhythmus eines alten, süßen Schmerzes zieht, einer vagen, in der Zeit verlorenen Erinnerung. Es war, als hätte ich etwas wiedergefunden, das ich hatte vergessen müssen, um weiterleben zu können – jetzt war es in seiner ganzen überwältigenden Unermesslichkeit wieder da. Ich hatte geglaubt, ich hätte mir das alles nur über die Jahre zusammenphantasiert, doch es war so intensiv, so betörend, so unerhört echt.

Sie umhüllte mich wie ein Seidentuch, und bei jeder *molinete*, die sie um mich herum drehte, stieg mir ihr Duft in die Nase, der Hauch eines Parfüms, und ihre ernsten Augen funkelten zwischen ihren lustschweren Lidern wie Juwelen. Es war, als läse sie meine Gedanken, als wüsste sie, noch bevor ich eine Bewegung andeutete, was ich von ihr wollte, als wären wir eins, ein einziger Körper, der in zwei Hälften getrennt gewesen und von der Musik wieder vereint worden war.

Wir sprachen kein Wort. Es war nicht nötig. Was hatten wir uns zu sagen, was nicht schon unsere Füße mit ihren Figuren ausdrückten, unsere sich dem ewigen Rhythmus hingebenden Körper. Hätte ich sie auf Deutsch angesprochen, wäre der Zauber zerstört worden, aber nicht weniger schreckte mich die Vorstellung, ich würde sie auf Spanisch ansprechen und sie mich nicht verstehen oder mir mit deutschem Akzent ein paar in Abendkursen erlernte Standardsätze antworten.

Im ersten Moment hielt ich sie für eine Spanierin oder Lateinamerikanerin und erwog, mit ihr durch die Tür, an der sie gelehnt hatte, in den verlassenen Garten zu schlüpfen, wo wir eine Zigarette hätten rauchen und uns in unserer Sprache unterhalten können. Aber dann wären unweigerlich die Fragen nach Namen und Beruf gekommen und damit der ernüchternde Moment, an dem sich diese bildschöne, göttlich tanzende Frau, die aus einem Gemälde von Quinquela Martín hätte stammen können, als eine im Exil lebende argentinische Psychologin oder dominikanische Unterwäscheverkäuferin entpuppt hätte.

Ihre Lippen streiften meine unrasierte Wange, und ich wusste, dass wir das Gleiche dachten: dass wir zum Tanzen gekommen waren, dass die Nacht uns gehörte, dass wir uns wie durch ein Wunder zu dieser späten Stunde in Mitteleuropa getroffen hatten, um uns von der Magie des Tangos forttragen zu lassen. Das genügte.

Wir tanzten ohne Pause ein Stück nach dem anderen, Milongas, bei denen sie ihre Anmut spielen ließ, einige Tangos von Piazzolla, deren schrill tönender Schmerz sie kurz zu überraschen schien.

Ich weiß nicht, wie lange wir blieben, denn die Zeit, die die Uhren messen, ist nicht die wahre Zeit.

Irgendwann tauchte ein junger Afrikaner auf, einer dieser fliegenden Händler, die plötzlich mit einem gewaltigen Strauß langstieliger roter Rosen im Arm dastehen und ein weißes Lächeln aufsetzen, ein Riss in dem Gesicht, das müde ist von den vielen Ablehnungen, von den vielen ausweichenden Blicken in teuren Restaurants und Lokalen.

Verzückt sah sie die Blumen an, und ein vorsichtiges Lächeln erschien auf ihren Lippen, dunkelrot wie die Rosen, die der junge Mann anbot. Ohne meinen Arm von ihrer Taille zu nehmen, zog ich ein paar Scheine aus der Hosentasche und gab sie ihm lächelnd. Er begutachtete den Strauß, als fiele ihm die Wahl schwer, dann zog er eine makellose Rose mit fast noch geschlossener Blüte heraus und reichte sie ihr. Sie sah mich an, berührte die Rose mit den Lippen, brach den überlangen Stiel ab, steckte sie sich in den Ausschnitt, schloss die Augen und gab sich meiner Umarmung hin.

Wir tanzten. Wir tanzten und vergaßen den erbärmlichen Gemeindesaal, die gewöhnlichen Paare, die die Schritte zählten oder sich leise die Figuren vorsagten, als könnten sie ohne das Hilfsmittel der Worte die Musik nicht in Tanz verwandeln, wir vergaßen die beleidigten Blicke der umstehenden Frauen, die Uhr, die irgendwo die Sekunden dieser Nacht zählte und meinen Wunsch zunichtemachte, diese Nacht möge nie zu Ende gehen.

Irgendwann merkte ich, dass um uns herum Möbel gerückt wurden und alle wie aufgeschreckte Tauben umherliefen, und tatsächlich, die Milonga ging zu Ende. Die Paare halfen sich in die Mäntel, Getränke wurden weggeräumt, die übervollen Aschenbecher geleert. Die Freundinnenpaare sahen sich noch einmal frustriert nach mir um, bevor sie in dem dunklen Vorraum verschwanden. Dann brach die Musik ab.

Einen Moment lang spürte ich mit aller Deutlichkeit das Gewicht ihrer Arme, ihren Kopf auf meiner Schulter, ihr um mich geschlungenes Bein. Dann, wir hatten noch immer nichts gesagt, lösten wir uns voneinander. Sie sah zur Tür, eine Aufforderung, die ich nicht gleich begriff, blickte auf die Rose in ihrem Dekolleté, drückte mir einen flüchtigen Kuss auf die Wange und bewegte sich mit unbeschreiblicher Anmut auf die Dunkelheit zu. Ihr schmerzliches, sanftes Lächeln blieb in der Stille hängen, dann brach die Einsamkeit über mich herein.

Ich ging die Schuhe wechseln, zog mir den Trenchcoat an und wartete in dem vom perlweißen Licht der Straßenlaternen erhellten Vorraum, bis die Letzten herauskamen. Das zweifache Umdrehen des Schlüssels, mit dem sie den Saal absperrten, klang für mich nach Endgültigkeit.

Ich zündete mir eine Zigarette an und wartete, starrte auf die Lichtreflexe auf meinen Schuhspitzen und warf immer wieder einen Blick auf die Tür der Damentoilette, wo sie sich vermutlich zurechtmachte, um mit mir, dem Unbekannten, in die Nacht zu entschwinden. Wohin?

Wahrscheinlich hatte sie die gleichen Hemmungen wie ich, darum dauerte es so lange; sie wollte fliehen, verschwinden, jetzt, da kein Tango mehr erklang.

Ein Auto fuhr die leere Straße entlang, und das nasse Rauschen zog mich vor die Tür. Es regnete.

In dem sanften Nieseln hatten die Straßenlaternen einen schillernden Hof bekommen, und die Fahrbahn glänzte wie lackiert. Weit und breit war kein Mensch.

Ich ging wieder hinein, und mit plötzlicher Entschlossenheit klopfte ich an die Toilettentür. Stille. Ich zog sie vorsichtig auf, Dunkelheit empfing mich. Die Toiletten waren leer. Nicht nur leer, ausgestorben, verlassen, wie ein abgetriebenes Schiff. So fühlte ich mich auch.

Zurück im Vorraum, setzte ich mich auf die gemauerten Stufen und zündete mir eine neue Zigarette an, obwohl ich wusste, dass es keinen Sinn hatte, weiter zu warten. Sie war gegangen.

Hatte sie gar keinen Mantel dabei gehabt, keine Handtasche, keinen Schirm? Ich versuchte mich zu erinnern, wie der Saal zuletzt, bevor ich hinausgegangen war, ausgesehen hatte. Er war leer gewesen. Bis auf einige CDs, die wahrscheinlich das Paar mit dem Saalschlüssel eingesteckt hatte. Und die Treppe führte nirgendwo hin außer zu den Toiletten und dem Vorraum, in dem ich die ganze Zeit neben der Eingangstür rauchend ausgeharrt hatte.

Ich ging auf die Straße in den müde vor sich hin plätschernden Regen, der nun, da der Wind sich gelegt hatte, schnurgerade fiel, und eilte mit eingezogenem Kopf und den Händen in den Manteltaschen in die Altstadt. Der Nachtportier gab mir den Schlüssel zu meinem Zimmer, dort angekommen leerte ich wie immer die Mantel- und Sakkotaschen und legte alles auf den Nachttisch: Brieftasche, Papiere, Schlüssel,

Visitenkarten, ein paar Rechnungen und einen gefalteten Zettel, an den ich mich nicht erinnern konnte.

Mit zitternden Händen faltete ich ihn auseinander. Darauf standen eine Adresse in La Boca, Buenos Aires, und ein Frauenname: Natalia.

Mitte August kam ich endlich nach Buenos Aires, in den Winter am Río de la Plata. Gleich nachdem ich ein Hotel im Zentrum bezogen hatte, suchte ich im Straßenverzeichnis die Adresse, die ich mir eingeprägt hatte, unnötigerweise, da ich den Zettel, den ich unzählige Male auseinander- und wieder zusammengefaltet hatte, immer bei mir trug. Tatsächlich, es war eine Adresse im La-Boca-Viertel, nur ein paar Gässchen von der Touristenattraktion Caminito entfernt.

Das Taxi ließ mich an der Ecke raus, in einer schlecht beleuchteten Gegend, die ich, hätte ich sie nicht von früheren Besuchen gekannt, für gefährlich gehalten hätte. Trotz der Kälte trug ich die Tanzschuhe, denn falls ich sie nicht zu Hause antreffen würde, wusste ich, wo ich sie suchen musste. Ich hatte immer wieder davon geträumt, in Dutzenden Hotelbetten, in allen Städten, die ich in den letzten vier Monaten seit jener Aprilnacht besucht hatte: Das Taxi würde mich an der Ecke rauslassen, ich würde die Straße überqueren, zu der auf dem Zettel stehenden Hausnummer eilen und klingeln, denn es war abends und die Haustür verschlossen. Ich würde hochsehen, ob in ihrem Fenster Licht wäre, und dann den um diese

Uhrzeit von allen Touristen verlassenen Caminito
hinuntergehen, von wo aus meine glänzenden Schuhspitzen mir den Schleichweg zu Los Gitanos weisen
würden, einem winzigen Lokal mit ein paar Tischen,
wo ein vorstädtischer, wollüstiger Tango getanzt wird.
Dort würde sie stehen, an die Tür gelehnt wie damals,
der Rauch ihrer Zigarette würde ihr Handgelenk um-
spielen, und endlich würden mich ihre wie dunkle
Sterne funkelnden Augen zum Tanzen auffordern.

Mich überraschte nicht, dass die Haustür verschlos-
sen war und im oberen Stockwerk kein Licht brannte.
Beunruhigend fand ich, dass alles so verlassen und tot
wirkte, die geschlossenen Fensterläden, die verrostete
Klingel, das Unkraut, das zwischen den Platten am
Eingang spross.

Bedrückt ging ich zu dem Tanzschuppen und ver-
misste den Hut, den ich im Hotel gelassen hatte, da
die Luftfeuchtigkeit sich in meinem hochgestellten
Mantelkragen und meinen pomadigen Haaren nie-
derschlug.

Tangotakte überschwemmten die Straße mit Nos-
talgie, ein paar Kerzen flackerten auf den leeren Tischen des Lokals, ein einziges älteres Paar, dessen un-
angestrengte Sehnsucht wahre Könner verriet, tanzte
neben der verlassenen Theke.

Ich konnte nicht glauben, dass sie nicht da war, und
starrte durchs Fenster. Lange Zeit stand ich im Bann
des zitternden Kerzenlichts da, jede Tangonote war
wie ein Stich, bis der Wirt meinen Schatten entdeckte
und mich hereinwinkte. Ich schüttelte den Kopf und

verzog mich, rannte vor meinem Irrtum davon, und nachdem ich stundenlang durch unbekannte Straßen gelaufen war, fand ich ein Taxi, das mich ins Hotel zurückbrachte.

Am nächsten Tag kam ich wieder, nachdem ich eine Nacht voller Albträume und Schrecken durchlitten und eine halbe Stunde lang telefoniert hatte, um meine Auftraggeber davon zu überzeugen, dass ich, die Zeitverschiebung sei schuld, aus meinem Jetlag nicht hochkam.

Am Hafen von La Boca, einem verwahrlosten, vor sich hingammelnden Gelände, war es kalt und neblig. Vereinzelte Touristen spazierten verloren an den Fassaden falscher Fröhlichkeit vorbei; es herrschte eine feuchte, heimtückische Kälte.

Unversehens fand ich mich in dem Museum wieder, in dem ich bereits während früherer Reisen gewesen war, eines der traurigsten, die ich kenne, mit kaum besuchten, übergroßen und schlecht beleuchteten Sälen, an deren in unsäglichem Gallegrün, Schmutziggelb und Blassblau gestrichenen Wänden Bilder aller möglichen Stile und Epochen in einem nicht nachvollziehbaren Durcheinander hingen, als hätte man sie hierher verbannt, um sie besser vergessen zu können.

Da ich schon mal da war, könnte ich mir im oberen Stockwerk noch einmal die Bilder Quinquelas ansehen, deren Ausdruck von Schmerz und Zerrissenheit so gut zum Tango passte, zu meiner Bedrücktheit, zur Friedhofsatmosphäre, die über La Boca lag; mit diesem vagen Plan durchschritt ich einen riesigen Saal, den nichts belebte außer der flüsternde Hall meiner über den Boden schleifenden Sohlen.

Da erblickte ich sie. Hinten links zwischen einer grauenvollen Pampalandschaft und einem überhaupt nicht dazu passenden Kirchgang – Frauen samt Schleier und Spitze und Männer mit Zylinderhüten – blickte sie mich von einem dunklen, mit einem wuchtigen vergoldeten Holzrahmen eingefassten Ölgemälde aus an. Ihre Augen glitzerten wie bei der Milonga, die Lider lustschwer, als lauschte sie einem Tango, der in der Einsamkeit des verstaubten Museums allein für sie erklang; ihre tiefroten Lippen wölbten sich schwach, wie damals, zu einem ebenso schmerzlichen wie provokanten Lächeln; ihr schwarzes Haar war von einem Hornkamm zu einem Knoten gesteckt. Auf der blassen Haut ihres von einer schwarzen Seidenkorsage gestützten Dekolletés prangte eine rote, nicht mehr ganz geschlossene Rosenknospe. Es war eine Sorte Treibhausrosen, die es zu der Zeit, als das Porträt entstanden war, noch nicht gegeben hatte.

Auf dem Rahmen, direkt unter ihren sich vor der Taille treffenden Händen – denselben, die mich angefasst und auf meiner Schulter gelegen hatten –, befand sich ein Schildchen, auf dem stand: »*Der Tango ist ein leiser Schrei*. Unbekannter Künstler. Um 1920.«

Zwei

Es waren noch zwei Tage bis zu meiner Hochzeit und drei bis zu meinem Geburtstag. Ich hatte es so gewollt. Mir gefiel die Aussicht, schon vor meinem zwanzigsten Lebensjahr zur Frau zu werden und den Rest meines Lebens erzählen zu können, ich hätte mit neunzehn geheiratet. Im Monat Januar. Mitten im Sommer.

Ich gewöhnte mich nur langsam daran, dass um mich herum alles Kopfstand, dass es so heiß war, obwohl es hätte kalt sein müssen, dass wir auf einmal so arm waren, dass ich von Leuten aus aller Herren Länder umgeben war, von denen viele noch nicht einmal richtig Spanisch konnten.

Wir waren vor fast zwei Jahren nach Argentinien gekommen, nur Papa und ich, und dank Rojo, so nannten sie Berstein, meinen zukünftigen Mann, hatten wir in La Boca ein Zuhause gefunden, und Papa hatte mit den wenigen Ersparnissen, die wir aus Spanien mitgebracht hatten, eine kleine Tischlerei eröffnet, wo er gelegentlich wie früher Leisten herstellte.

Mein Großvater hatte in Valencia eine Leistenfabrik besessen, die Papa in seinen letzten Jahren geleitet hatte, doch wenige Monate nach Großvaters Tod hatten sich meine Onkel die Fabrik unter den Nagel gerissen und uns auf die Straße gesetzt. Damals beschloss Papa, der seit einigen Jahren verwitwet war, Valencia zu verlassen, wo ihm nichts mehr geblieben war außer Mamas Grab, und nach Argentinien zu gehen.

Für mich war es nicht leicht gewesen. Ich war in einem Dorf in der Nähe von Vitoria aufgewachsen, mein Vater war Baske, meine Mutter Valencianerin; mit acht zog ich nach Valencia um, denn nach Großmutter Begoñas Tod vergaß Großvater Francesc allen Groll auf seinen Schwiegersohn, der seine Tochter »entführt« hatte, und bot ihm eine Stelle in der Fabrik an, und mit siebzehn musste ich mich erneut von allem verabschieden, um mit meinem Vater nach Buenos Aires zu gehen.

Zuerst hatte ich in Valencia bleiben wollen, aber ich hätte entweder bei Onkel und Tante und meinen dämlichen Cousinen wohnen oder bald einen der jungen Schnösel heiraten müssen, die mir ständig Anträge machten; ich hatte sie noch nie gemocht, aber seit man uns die Fabrik genommen hatte, mochte ich sie noch weniger, weil es auf einmal so ausgesehen hätte, als würden sie mir einen Gefallen tun, wenn sie mich vor den Altar führten.

Also kam ich mit, um noch einmal von vorn anzufangen.

Dass ich mich auf Rojo eingelassen hatte, war ein wenig gedankenlos gewesen. Aber ich gefiel ihm und war im heiratsfähigen Alter, außerdem schuldeten wir ihm viel, er war ein herzensguter Mann, und da hat

Papa mich ihm versprochen, denn aufgrund seiner gesundheitlichen Probleme quälte ihn der Gedanke, er könnte bald sterben und mich allein zurücklassen.

Und eigentlich war ich an diesem heißen Januarmorgen, während ich für Papa zur Kneipe ging und mir der brackige Gestank des Flusses in die Nase stieg, glücklich. Wie alle Mädchen in meinem Alter dachte ich an nichts lieber als an meine Hochzeit, an die Aussteuer, die bereits komplett war und in der guten Truhe lagerte, an das Kleid, das in dem Spiegelschrank aus Valencia hing, daran, dass man mich mit »Señora« ansprechen würde, an das Fest, das wir für unsere wenigen Freunde hier ausrichten würden, und ... klar, keine Hochzeit ohne Bräutigam.

Der meine war groß, kräftig, mit Vollbart und langen rotblonden Haaren, fünfzehn Jahre älter als ich, Obermaat auf einem Frachtschiff und Deutscher, wobei er recht gut Spanisch sprach. Er war ein grundanständiger Mann, nicht wie die blässlichen Jüngelchen mit Parfüm und Krawatte damals in Valencia, die uns nach dem Kirchgang begleitet hatten, wenn wir mit meiner Tante und meinen Cousinen mit der Kutsche über den Paseo de Alameda und durch die Viverosgärten gefahren waren.

Rojo hatte ich noch nie mit Krawatte gesehen. Bei seinen Sonntagsbesuchen, wenn er nicht auf See war, trug er ein schwarzes Seidenband, das ihm bis zur Brust reichte, und ein bockiges Leinenjackett, das beim Hinsetzen knitterte und unter den Armen feuchte Flecken bekam.

Am Anfang redete er wenig, aber nach und nach, während ich stickte – mein Vater hatte mir verboten, in seiner Anwesenheit zu stopfen oder zu flicken – und die anderen gemütlich bei dem von uns allen so heiß geliebten Mate saßen, begann er, von seinen Reisen zu erzählen, von fernen Ländern, von überstandenen Gefahren, von den Farben des Meeres und des Himmels, wenn man draußen auf dem Ozean ist und nicht weiß, ob man je wieder festen Boden unter den Füßen spüren wird.

»Manchmal sieht man auch etwas, das gar nicht da ist«, hatte er einmal erzählt. »Nicht man, alle. Irgendwer sagt: ›Dort, dort, eine Insel!‹ Und plötzlich sehen sie alle, und dabei war's nur eine Wolke, die sich schon wieder aufgelöst hat. Wenn ich auf Reisen bin, denke ich manchmal, ob das alles« – an dieser Stelle breitete er die Arme aus, als wollte er nicht nur unsere bescheidene Stube umfassen, sondern das ganze Viertel und vielleicht sogar ganz Buenos Aires –, »ob das alles nicht auch ein Traum ist, ein Trugbild, mit dem ich mir selbst Mut machen will. Ob Sie, Natalia« – fügte er auf einmal ganz schüchtern hinzu –, »vielleicht einfach eine Geschichte sind, die ich mir erzähle, so wie andere von den Sirenen erzählen. Aber das kommt mir nur manchmal so vor, wenn mir die Reise lang wird. Ich glaube, wenn Sie meine Frau sind, Natalia, wird das nicht mehr so sein.«

Ich wunderte mich, dass einen erwachsenen, so großen und starken Mann wie Rojo solche Gedanken umtrieben, doch als ich dann an unsere Überfahrt aus Spanien zurückdachte, wurde mir klar, dass einem auf dem Meer Gedanken kommen, die einem zu Hause, wo Boden und Wände starr sind und der Blick aus dem Fenster immer der gleiche ist, nie einfallen würden.

Doch solche Abende waren selten, denn obwohl sich Rojo während unserer Verlobungszeit nur für kurze Reisen einteilen ließ, sahen wir ihn manchmal wochenlang nicht, dann konnte ich immerhin mit meinen italienischen Freundinnen spazieren gehen, die in der Nähe wohnten und wie ich mit Matrosen verlobt waren. Am liebsten wären wir tanzen gegangen, aber das durften wir nicht, weil sich das für verlobte Mädchen nicht schickt, ins Kino durften wir auch nicht, denn das war zu teuer und zu dunkel, und so trafen wir uns zum Nähen und Plaudern, oder wir drehten eine Runde, um der Musik aus den Cafés zu lauschen, denn für Tangomusik schwärmten wir alle.

Ich weiß noch, wie ich zum ersten Mal einen Tango hörte, einen einzigen. Es war auf dem Ball des Principal in Valencia – ich war fünfzehn und trug das blassrosa Kleid und einen Elfenbeinfächer meiner Mutter –, und als ich diese Musik hörte, bekam ich weiche Knie.

Ein kleiner Mann mit braun gegerbter Haut, kostümiert mit Poncho, Sporen und robusten Stiefeln, begleitete mit einer Art Akkordeon, das fast so groß war wie er, ein Paar, das unter den staunenden Blicken der besten Valencianer Gesellschaft auf der Tanzfläche seine Darbietung gab. Eine leidenschaftliche Musik, ein Tanz für geschlossene Augen, Schatten und Tabakqualm in dem mit Marmor und Kristalllüstern ausgeschmückten Saal; eine Frau, die sich wie eine Blume im Wind bog, und ein Mann, der sie führte wie ein Torero, an sie gefesselt wie durch einen Fluch.

Nach diesem einen Stück führte mich mein Begleiter, eines dieser Jüngelchen, unverzüglich in den Speisesalon und bestellte mir eine Erfrischung, und dabei entschuldigte er sich für das Spektakel, das ich gerade zu sehen bekommen hatte. In dieser Nacht träumte ich von Tangomusik, und als Papa mir seine Argentinienpläne eröffnete, war mein erster Gedanke: »Dort tanzt man Tango«, und ich sagte Ja.

Dann kamen Rojo und die Sonntage mit der Stickarbeit auf dem Schoß, und ich wartete auf meine Hochzeit, um in den Cafés tanzen gehen zu können.

Gelernt hatte ich es bei María Esther, sie war in meinem Alter und bereits in Buenos Aires geboren, und ihr Vater, der Buchhalter bei einer großen Reederei war, hatte ein Victrola. Wir trafen uns oft bei ihr, nur wir Mädchen, und brachten uns gegenseitig Tanzen bei, wir lachten uns tot, wenn wir die Rolle des Mannes spielen mussten, und täuschten mit geschlossenen Augen Leidenschaft vor, so wie wir es auf den Bildern in der Sonntagszeitung gesehen hatten. Während wir von Verlobten und Aussteuer redeten und Mate tranken, wechselten wir uns an der Kurbel ab und legten immer wieder dieselben Platten auf, deren Musik in uns ein seltsames Kribbeln weckte, das wir uns nicht erklären konnten, als wimmelte es in unseren Adern von aufgeregten Krabbeltierchen.

»Sag mal, liebst du Rojo?«, fragte mich María Esther eines Tages, als wir allein waren. Sie war dem Sohn eines reichen Großgrundbesitzers versprochen, sah ihn aber so gut wie nie, weil er selten nach Buenos Aires kam.

»Er ist mein Verlobter«, antwortete ich, und ich weiß noch, dass ich mich angegriffen fühlte und nicht wusste, was ich noch sagen sollte. »Und du Luis Alfonso?«

Sie lachte.

»Er ist mein Verlobter!«, gab sie mir als Antwort zurück.

Da lachten wir beide. Dann wurde es still, und in das Schweigen hinein sagte meine Freundin: »Weißt du was, Natalia? Mama sagt, die Männer machen und die Frauen sind. Also wir sind.«

»Versteh ich nicht.«

»Sie gehen arbeiten, sind unterwegs, kommen und gehen, spielen, trinken, einige töten. Und wenn sie sich morgens rasieren, schälen sie sich aus der Haut vom vorherigen Tag. Sie reifen also nicht, sie sind immer wieder neu. Verstehst du? Wir sind immer da. Töchter, Mütter, Ehefrauen. Wir sind liebreizend, wohlerzogen, treu, brav. Wir reifen, wir vergehen. Einen Mann fragt man: ›Was machen Sie, mein Herr?‹ Uns fragt man: ›Was sind Sie, Frau oder Fräulein?‹ Verstehst du?«

Darüber konnte ich nicht lachen. Ich hatte noch nie darüber nachgedacht, aber lustig fand ich das nicht.

»Wenn du Rojo heiratest, bist du seine Ehefrau, und ich bin die von Luis Alfonso. Niemand wird uns jemals fragen: ›Was machen Sie?‹ Das wissen doch alle.«

»Das ist doch in Ordnung, oder?«

María Esther zuckte mit den Schultern und richtete den Mate an. »Würdest du nicht gern in einem Theater Tango tanzen, würden dir nicht der Applaus und die schmachtenden Blicke der Männer gefallen und die Blumen, die sie dir bringen?«

»Ich weiß nicht. Ich glaube nicht.«

Aber das war gelogen, denn als María Esther so sprach und mich unter halb geschlossenen Lidern hervor ansah, hörte ich Tangomusik in mir und wusste, ja, es würde mir gefallen; aber ich wusste auch, dass das nicht ging, dass ich als Rojos Ehefrau nur mit ihm auf den Festen bei der Heimkehr seines Schiffs tanzen würde, solange keine Kinder kämen, und die würden kommen, dazu heiratet man ja schließlich.

»Das schickt sich nicht«, sagte ich noch.

»Nein. Das schickt sich nicht«, sagte sie mit einem anzüglichen Lächeln und bot mir eine Zigarette aus dem Etui ihres Vaters an.

Sie schloss die Tür des Salons, und wir verzogen uns hinter die grünen Samtvorhänge ans offene Fenster, damit wir die Zigaretten schnell loswerden konnten, wenn jemand hereinkam.

»Und warum sagst du mir das alles?«, fragte ich.

»Ich weiß auch nicht, Natalia. Wahrscheinlich habe ich Angst vorm Heiraten und dass ich so weit weg in die Pampa muss und dort mit meinem Luis Alfonso versaure. Ich…« Sie nahm einen tiefen Zug von der Zigarette und blickte selbstvergessen auf das Wasser am Hafen, das bereits die abendliche Amethystfärbung angenommen hatte. »Ich weiß nicht, ob ich ihn liebe, verstehst du? Ich freue mich, wenn ich ihn sehe und er mich ins Theater ausführt, und es macht mir nichts aus, wenn er meine Hand nimmt, sobald Mama wegguckt…« Wieder machte sie eine Pause, ohne mich anzusehen. »Wir haben uns sogar schon geküsst und… Na ja, es war nicht schlecht. Aber ich habe gelesen, was man fühlt, wenn man verliebt ist… und bei mir stellt sich das einfach nicht ein. So sieht's aus.«

Sie drückte sorgfältig den Stummel am Fensterbrett aus und warf ihn beinahe wütend auf die Straße. Ich warf meinen auch fort und legte ihr die Hand auf die Schulter: »Das ist nicht wahr, María Esther.«

»Und ob es wahr ist.«

»Nein. Ich meine, was du gelesen hast. Das sind alles Märchen, das denken sich diese Dichter doch nur aus.«

Hartnäckig schüttelte sie den Kopf. »Als ich fünfzehn war, musste Mama eine Bedienstete von uns vor die Tür setzen. Du weißt schon, weil sie… also…«

Ich nickte schnell, denn ich wollte nicht, dass sie mich für blöd hielt.

»Sie erzählte mir, was man fühlt, wenn ein Mann, den du liebst, dich anfasst, wenn er dich einfach nur ansieht... Flüssiges Feuer, in dir drinnen, es reißt dich mit wie ein wildes Pferd, du bist machtlos dagegen.« Sie scufzte tief. »Ich will das fühlen, Natalia, wenigstens einmal, bevor ich heirate«, verkündete sie und drehte sich herausfordernd zu mir um.

Bevor ich antworten konnte, kam Doña Malina herein, um die Petroleumlampen anzuzünden, und damit war unser Gespräch zu Ende, aber von dem Tag an vermied ich es, mit María Esther allein zu sein, weil ich wusste, dass ihre nächste Frage heißen würde: »Und du, Natalia? Willst du das nicht?«

María Esther heiratete im Frühling, im November, und seitdem schrieben wir uns, und sie versprach, zu meiner Hochzeit zu kommen, und ich konnte es kaum erwarten, sie zu fragen, ob sie als Ehefrau immer noch davon träumte, in einem Theater zu tanzen oder diese Liebe aus den Büchern kennenzulernen, die wie Feuer durch einen hindurchläuft.

Ich hatte seitdem viel darüber nachgedacht. Jeden Abend, wenn ich mich in mein Mädchenbett legte – seit meine Hochzeit bevorstand, war es für mich mein Mädchenbett –, stellte ich mir Berstein im Nachthemd neben mir vor und wusste, das war es nicht, obwohl diese Dichter das in ihren Schmökern aussparten und auch mein Vater mich nie darüber aufgeklärt hatte, was geschehen würde, wenn Rojo und ich nach der Hochzeit allein sein würden.

Ob ich aus meiner Mutter etwas herausgebracht hätte, weiß ich nicht, Vater konnte ich jedenfalls nicht fragen. Trotz aller Horrorgeschichten, die ich über die

Hochzeitsnacht gehört hatte, wusste ich, dass mein Vater nie zulassen würde, dass man mir etwas antat, und da alle verheirateten Frauen es bisher überlebt hatten, würde ich es auch überstehen.

Bis dahin waren es nur noch zwei Tage, das Kleid hing bereit – weiß, mit Schleier, denn mein Vater hatte beschlossen, dass bei der Hochzeit seiner einzigen Tochter nichts fehlen sollte, koste es, was es wolle –, und diese Gedanken lebten im Hintergrund fort, als würde eine andere sie denken, während ich von der Hochzeitszeremonie träumte, von dem Blumenstrauß und vor allem von dem anschließenden Tanzfest, zu dem alle meine Freundinnen und ihre Verlobten, die an Land waren, kommen würden sowie die Bekannten meines Vaters. Das Bandoneon würde spielen, und zum ersten Mal würde ich mich in den Armen eines Mannes vom Zauber dieser Musik entführen lassen. Von Berstein, Rojo, meinem Mann.

Daran dachte ich, als ich die Kneipe betrat. Sie gehörte Uxío, einem Galicier, der schon seit Ewigkeiten in La Boca lebte. Mein Vater hatte mich zu ihm geschickt, um eine Flasche spanischen Wein zu holen, für ihn und seinen zukünftigen Schwiegersohn.

Das Licht auf der Straße war so grell, dass ich drinnen zuerst gar nichts sah. Es roch stark nach Wein und Sägespänen, und dieser Geruch rief in mir sogar wohlige Erinnerungen wach, daran, wie Amparo mich als kleines Mädchen in die Weinschänke in der Calle Quart mitgenommen hatte, um Großvater seinen Roten zu kaufen, den er so gemocht hatte.

Plötzlich seufzte aus den dunklen Tiefen des Kneipendickichts ein Bandoneon auf. Immer noch halb blind, drehte ich mich um, eine Hand auf der Zinktheke, und da geschah es. Auch die vier Männer, die hinten neben dem Billardtisch Karten spielten, und ein schmaler junger Mann, der neben ihnen an der Wand lehnte und auf der Ziehharmonika spielte, sahen mich.

Ich verspürte ein Ziehen in der Magengegend. Ein junger Mann mit schwarzem Haar und nach hinten geschobenem Hut, weißem kragenlosem Hemd und Hosenträgern sah mich an wie eine Erscheinung.

»Einen guten Tropfen für Don Joaquín, schönes Kind?«, hörte ich hinter mir Uxíos Stimme.

Ich nickte, konnte aber den Blick nicht von dem Mann lösen, der mit den Karten in der Hand aufgestanden war.

Alles wurde rot, und sein Blick, der meinen Blick festhielt, stach mir wie eine Nadel mitten ins Herz.

Alles war da: das flüssige Feuer in meinen Adern, das glutrote Eisen, das sich in mir einbrannte. Das war es, María Esther!

Als mir der Kneipenwirt die aufgefüllte Flasche zurückgab, zitterten mir derart die Hände, dass ich mich nicht traute, sie entgegenzunehmen, erst musste ich das Taschentuch aus meinem Ärmel zupfen und mir damit über die Stirn fahren.

»Elende Hitze«, sagte Uxío. »Trink ein Gläschen, mein Kind.«

Er stellte mir einen Zuckerrohrschnaps hin, und ohne zu bedenken, dass ich außer hin und wieder einem Schlückchen Most noch nie im Leben etwas getrunken hatte, leerte ich das Glas in einem Zug.

Es brannte wie sein Blick.

Dann nahm ich die Flasche und ging, ohne ihm noch einen weiteren Blick zu gönnen, zurück zur Tür. Ich hörte, wie jemand sagte: »He, Diego, was ist?«, doch ich verbot mir, mich umzusehen, und trat aus der Kneipe ins Licht, hinaus in die Hitze.

Es waren noch zwei Tage bis zu meiner Hochzeit und drei bis zu meinem Geburtstag.

»Hübsches Ding, was?«, sagte der Galicier und stellte die Flasche Zuckerrohrschnaps auf den Tisch.

Ein paar beipflichtende Sätze fielen, und ich bemühte mich, den Blick von der Tür zu lösen, durch die sie gegangen war, dann setzte ich mich wieder und deckte aus Versehen meine Karten auf.

»He, Junge, was machst du?«, haute mich der dürre Martínez entsetzt an, als er mein Blatt sah.

Ohne ihn zu beachten, schenkte ich mir ein Glas ein und kippte es runter.

»Sie heißt Natalia«, erklärte der Galicier, »sie ist die Tochter von Don Joaquín Irati, dem Basken, der vor zwei Jahren aus Valencia gekommen ist.«

»Erste Sahne, die Kleine«, bestätigte De Bassi.

»Noch ein paar Jahre, dann ist sie ein ordentliches Weib, dann weiß sie was mit einem Mann anzufangen, und es ist ein bisschen mehr an ihr dran«, fuhr der Wirt fort, der üppige Frauen mit ordentlich Busen und breiten Hüften mochte.

»An Kandidaten wird's ihr nicht mangeln«, fügte Canaro hinzu.

»Sie heiratet am Sonntag. Berstein, den Rojo.«

»Scheiß Deutsche!«, sagte De Bassi, der die Kriegsnachrichten aus Europa verfolgte und Anhänger der Alliierten war. »Jetzt besiegen sie uns auch noch darin.«

»Halt den Rojo da raus. Okay, sein Spanisch hört sich immer noch an, als hätte er eine Mandel im Mund, aber er ist mit Herzblut Argentinier.«

»Mit so einer reifen Mango zu Hause hätte ich auf See keine Ruhe«, sagte Canaro augenzwinkernd. »In Buenos Aires gibt es zu viele einsame Männer.«

Sie alle brachen in Gelächter aus, ich aber stand aus irgendeinem Grund auf, und da ich schon mal stand, ging ich in den Hof, wo das Klo war, um ihre Sprüche nicht weiter hören zu müssen.

Dieses Mädchen hatte eine Saite in mir zum Klingen gebracht, von der ich bisher nichts gewusst hatte, und auf einmal erschienen mir die Texte der schon unzählige Male in Cafés getanzten Tangos wie vorweggenommene Einträge in mein Tagebuch.

Ich lehnte mich an eine Mauer, atmete tief durch und drehte mir eine Zigarette, dann versuchte ich mich zu erinnern, was ich im Gegenlicht von ihr überhaupt gesehen hatte: einen glänzenden kleinen Ohrring, eine dunkle, aus dem Haarknoten entwischte Locke, die durchscheinenden Ärmel ihrer weißen Bluse, ihre kleinen Stiefeletten, die ihre an eine Tänzerin erinnernden zierlichen Knöchel frei ließen ... Nicht viel mehr.

Trotzdem … trotzdem war mein Atem beschleunigt wie nach einer größeren Anstrengung, mir zitterte die Hand, mit der ich die Zigarette hielt, und etwas in mir schrie auf, als ich an die Worte des Galiciers dachte: »Sie heiratet am Sonntag.«

Da wohnte sie schon zwei Jahre in La Boca, und ich traf sie, als es zu spät war. Ich wusste nicht, wer dieser Rojo war, jedenfalls, das stand für mich fest, hatte er sie nicht verdient. Nach dem, was Canaro gesagt hatte, war der Kerl Matrose, er würde sie also Wochen und Monate allein lassen, allein in La Boca, wo es so viele Nutten und Zuhälter gab, natürlich auch anständige Männer, aber in der Mehrzahl allein, ohne Ehefrau, ohne Familie, ohne irgendeinen Halt, weit weg von der Heimat.

Der Hof des Galiciers war eine Halde aus leeren Flaschen, verrosteten Dosen und altem Plunder, doch an der hinteren Wand wuchs ein kleiner Baum, und darüber öffnete sich der Himmel groß und blau, mit ein paar von der Mittagssonne hell erleuchteten Wolkenfetzen. Mehr oder weniger wie mein Leben: unten der Dreck, aus dem ich kam – die schmuddelige Mietskaserne in der Avenida Corrientes, in der meine Eltern nach ihrer Ankunft aus Genua untergekommen waren, die Armut, die mich während meiner ganzen Kindheit umgeben hatte, die langen Jahre in der Fabrik, in denen ich nachts beim Licht der Petroleumfunzel studierte, um dort eines Tages herauszukommen –, der weite Himmel über mir war die Welt, von der ich immer geträumt hatte, die immer hell strahlte und mir zugleich immer fern schien, und in der Mitte war das Jetzt, die Arbeit bei der Zeitung, mein neuer Name – Diego klang für einen Tango-tänzer einfach besser als Giacomo –, mein kleines Zimmer, der Tango, den ich abends in den besten Cafés tanzte. Alle meine Freunde waren Musiker: Instrumentalisten, Sänger, Komponisten, Texter... oder Tänzer wie ich.

Aber das war nicht genug. Und wenn ich das auch immer gewusst hatte, jetzt in diesem Moment hatte mir dieses Mädchen gezeigt, dass der Himmel grenzenlos war. Zwar war er weit weg, aber grenzenlos für jemanden, der sich traute zu fliegen.

Allein dafür hatte sie ein Geschenk verdient, und so ging ich in die Kneipe zurück und sagte: »Wir könnten auf ihrer Hochzeit auftreten.«

»Welche Hochzeit?«, fragte der dünne Martínez, der nie etwas mitbekam, aber ein ganz passabler Pianist war.

»Von der Kleinen, Natalia.«

»Sie haben schon Firpos Orchester bestellt«, sagte der Galicier von der Theke herüber.

»Klar.« Canaro lächelte. »Zu seiner Musik kann man herumstampfen, zu unserer nicht. Ein bisschen Geld müssen sie haben, wenn sie ihn engagieren können.«

Firpo und Canaro waren wie Tag und Nacht, vor allem rhythmisch, und zwischen ihnen hatte sich eine richtige Konkurrenz aufgebaut. Wir Profis tanzten »à la Canaro«, die anderen »à la Firpo«.

»Und wenn ihr dem Prinzesschen am Samstag-abend eine Serenade spielt?«, schlug der Galicier vor. »Spanische Mädchen lieben so was.«

Ich sah sie nacheinander an. »Wer ist dabei?«

»Meine Geige ist dabei«, sagte Canaro. »Gegen Mit-ternacht, wenn im Royal Schluss ist.«

»Machst du mit, Yuyo? Ohne Blasebalg kein Tango«, haute ich ihn an. Ich wusste, dass der Yuyo Tag und Nacht spielte, für Geld und auch umsonst.

»Na klar!«

»Bohnenstange?«

»Klavier wird schwierig …«

»Du spielst doch auch Flöte.«

»Wenn du deine Gitarre mitbringst, tröte ich in die Flöte«, sagte er mir zu.

»Könnt ihr noch eine zweite Geige brauchen?«, fragte De Bassi.

Auf einmal grinsten alle, als wäre das Musizieren, mit dem sie ihr Brot verdienten, ein Abenteuer.

»Galicier, weißt du, wo die Kleine wohnt?«

»In der Necochea, in einem blau gestrichenen Häuschen.«

»Abgemacht, meine Herren. Morgen um Mitter-nacht im Royal. Wir gehen von dort zusammen los. Ich tanze im La Marina, und wenn dort Schluss ist, stoße ich zu euch.«

Ich hängte mir die Jacke über die Schulter und ging, obwohl ich erst nachmittags in der Redaktion sein musste. Meine Schritte lenkten mich in die Calle Necochea, vor ein kleines blaues Haus, dessen Tür einen Spalt offen stand. Ich hatte dort nichts verloren, außer vielleicht ein kleines Stück von meinem Herzen.

Als ich zu Hause ankam, war mir schwindlig. Schuld waren die Hitze und etwas, das ich nicht benennen konnte und wollte. Der kühle Flur wirkte lindernd wie die Hand meiner Mutter in den Fiebernächten, und mir traten unwillkürlich die Tränen in die Augen bei dem Gedanken, dass sie mich so jung allein gelassen hatte, als ich gerade in das Alter kam, in dem ein Mädchen jemanden zum Reden braucht. Ich konnte noch nicht einmal bei María Esther Trost suchen und ihr erzählen, was ich in der Kneipe erlebt hatte, und auch sie hatte mir nicht erzählen können, was nach der Hochzeit geschehen war, als man sie mit dem Mann, der nun ihr Ehemann war, allein gelassen hatte.

Ich fühlte mich schrecklich allein und ging zur Stube, aus der ich leise Stimmen zu hören meinte, in der Hoffnung, dass mich ein wenig Gesellschaft auf andere Gedanken bringen würde.

Die Tür stand einen Spalt offen, und vom Flur aus sah ich die Spitze eines Männerstiefels. Er gehörte Rojo.

Aus irgendeinem Grund blieb ich mit angehaltenem Atem stehen, dann bückte ich mich und stellte die Flasche auf dem Boden ab, um mir mit dem Taschentuch den Schweiß abzuwischen.

»Jetzt weißt du Bescheid«, sagte mein Vater. »Ich musste es dir sagen; das verstehst du hoffentlich. Nata-

lia ist das Einzige, was ich habe. Ich weiß, dass sie bei
dir in guten Händen ist, aber ich will ganz offen sein,
denn noch kannst du es dir überlegen.«

Mir stockte der Atem. Ich wusste nicht, wovon mein
Vater sprach, aber er hatte Rojo soeben die Möglich-
keit geboten, von der Hochzeit zurückzutreten, und
mir war, als stürzte alles wie ein Kartenhaus in sich
zusammen, doch gleichzeitig spürte ich, dass irgendwo an einem unbekannten Ort ein Licht aufschien.

»Ich bin ein rechtschaffener Mann, Don Joaquín«,
antwortete Berstein, »das wissen Sie doch. Ich werde
für Natalia sorgen, so gut ich es kann, Ehrenwort. Ich
liebe sie. Ich liebe sie, seit ich sie zum ersten Mal
gesehen habe, da war sie noch ein Kind. Sie werden
Ihre Entscheidung nicht bereuen.«

»Behandle Sie gut, mein Junge. Natalia ist ein Mädchen aus gutem Hause, auch wenn man es ihr nicht
ansieht. Sie hätte etwas Besseres verdient als das, was
ich ihr geben konnte. Es fing schon damit an, dass
ich ihre Mutter gegen den Willen der Familie geheiratet und sie in ein Dorf bei Vitoria verschleppt
habe, wo Armut und Heimweh an ihr nagten, bis ihr
Vater uns verziehen hat und wir, sehr gegen meinen
Stolz, nach Valencia zurückkehrten, was allerdings nur
zwei Jahre gut ging. Eine Zeit lang lebte Natalia wie
eine Königin, und jetzt muss sie wieder Not leiden
wie in ihrer Kindheit.«

»Sie führen ein würdiges Leben, Don Joaquín. Das
hier ist keine Mietskaserne, und Natalia muss nicht
arbeiten gehen.«

»Aber du weißt, dass dieses Haus alles ist, was ich habe; mehr kann ich ihr nicht vermachen.«

»Ich erhalte einen guten Lohn. Es wird uns gut gehen. Ich werde sie behandeln wie eine Königin, das verspreche ich Ihnen.«

Es wurde still, und ich überlegte, ob ich nicht ein bisschen Lärm machen sollte, als wäre ich gerade nach Hause gekommen.

»Sei übermorgen vorsichtig mit ihr, mein Junge. Natalia ist unschuldig. Sie weiß nichts von Männern.«

»Mein Ehrenwort, Don Joaquín. Ich habe es nicht eilig, ich werde mich auf sie einstellen.«

»Danke, mein Sohn. Ich hätte gern mit ihr darüber gesprochen, aber mit einer Tochter … Das ist eben anders als mit einem Jungen, du verstehst schon. Darum sage ich es dir.«

»Wo ist sie eigentlich?«

»Sie ist kurz zu Uxío gegangen. Sie muss gleich da sein.«

Ich nahm die Flasche und schlüpfte auf Zehenspitzen in die Küche, wo ich lautstark irgendetwas räumte, damit sie dachten, ich wäre gleich nach dem Nachhausekommen in die Küche gestürzt, um für den Abendeintopf das Kichererbsenwasser zu wechseln. Fürs Mittagessen musste ich nur noch Reis aufsetzen.

Wäre ich an diesem Tag zu Hause geblieben, hätte vielleicht alles ungestört seinen Lauf genommen, aber mein Vater hatte mich in die Kneipe geschickt, um mit Rojo unter vier Augen reden zu können, und das hatte alles verändert, denn ein Blick hatte gereicht, um die Welt, die ich mir gerade erst aufzubauen begann, zum Einstürzen zu bringen.

Als ich aus der Redaktion kam, war es schon fast neun, und ich hatte gar keine Zeit mehr, wie geplant noch kurz nach Hause zu gehen, und da ich in weiser Voraussicht meine Tanzkleidung bereits eingesteckt hatte, beschloss ich, in der *Fonda de los Artistas* in der Corrientes zu essen und von dort aus zu Fuß zum Café La Puñalada an der Ecke Salta, Rivadavia zu gehen, wo ich an diesem Abend tanzen würde.

In der Redaktion war ich ganz bei der Sache gewesen, doch als ich in die laue Januarnacht hinaustrat und mich in das Treiben im Stadtzentrum mengte, überkam mich auf einmal ein Gefühl der Einsamkeit, so als fiele mir in diesem Augenblick ein, dass ich niemandem auf der Welt etwas bedeutete. Meine Eltern waren vor Jahren bei einer Gelbfieberepidemie gestorben, meine Geschwister waren in alle Winde verstreut; in Genua erinnerte sich bestimmt niemand mehr an unsere Familie, und in Buenos Aires hatte ich, obwohl ich dort aufgewachsen war, niemanden außer den Jungs in der Redaktion und den Cafés. Und da war noch Grisela, meine Tanzpartnerin, die gern mehr für mich gewesen wäre. Aber ich hatte mich nie binden wollen, um nicht in die gleiche Falle wie die meisten Einwanderer zu tappen, die sich, wie damals meine Eltern, einen Haufen Kinder ans Bein binden und sich damit tiefer und tiefer ins Elend begeben.

Ich hatte nicht die Stimme zum Tangosänger, und für einen Instrumentalisten war ich auf der Gitarre nicht gut genug; eine Musikerkarriere war also nicht drin. Mit der Arbeit bei der Zeitung und dem Tanzen nebenbei schlug ich mich ganz gut durch und konnte mir sogar ein paar bescheidene Extras leisten, aber eine Frau und eine Familie hätte ich damit nicht ernähren können. Und um ehrlich zu sein, ich hatte auch noch nie ein Mädchen richtig geliebt, jedenfalls nicht so sehr, dass ich für sie zum Verräter geworden, dem Wahnsinn verfallen oder den Tod gefunden hätte, wie dies in manchen der neueren Tangos gesungen wurde. Ich hatte bisher immer nur arme Mädchen gehabt, die früh gealtert waren von der Fabrikarbeit, dem Elend in den Mietskasernen, den früh verlorenen Träumen, der Brutalität ihrer Eltern, ihrer Brüder und später ihrer Ehemänner; Blumen, die nur kurz geblüht hatten und gleich danach zertrampelt worden waren.

Das Gasthaus war wie immer brechend voll, aber Doña Clemencia wies mir ein Tischchen neben der Küche zu und servierte mir einen Eintopf mit mehr Kartoffeln als Fleisch und ein Glas Rotwein. Ich drehte mir eine Zigarette und rauchte sie, als ich wieder auf der Straße war, und der Schweiß rann mir herunter, während ich zu dem Café eilte, wo Grisela in engem Rock und hohen Schuhen sicher bereits ungeduldig auf mich wartete und in ihr Glas Absinth starrte.

Bei den prachtvollen Häuserfronten erinnerte ich

mich daran, dass ich mir vor ein paar Jahren geschworen hatte, möglichst noch vor 1920 in Paris zu sein, fort von dem provinziellen Buenos Aires, um die wahre Welthauptstadt zu erobern. Da war ich zwanzig gewesen und hatte, beflügelt vom Erfolg der ersten Tangotänzer in Europa, noch gedacht, alles wäre möglich; dagegen fühlte ich mich nun, während ich die Rivadavia zum Café Tortoni hochlief, wie ein alter Mann, der die Jugend am Bürgersteig gegenüber vorbeilaufen sieht und weiß, dass er nicht mehr nachkommt.

Am Sonntag heiratete sie. In der Nacht davor würde ich sie noch einmal an der Balkonbrüstung sehen, und danach: aus. Karten spielen, in den Cafés tanzen, die Artikel für *La Nación*, das schale Wissen, dass das alles gewesen ist. Du hast keine guten Karten, mein Junge, nichts zu machen.

Wütend drückte ich die Klinke nach unten und betrat das La Puñalada, mit meinem ganzen Imponiergehabe und dem Gedanken, dass der Name »La Puñalada«, was Dolchstich heißt, sehr passend war. Ich traf Grisela an der Theke bei ihrem Glas Absinth. Wie jeden Freitag füllte sich der Saal bereits mit Tanzpaaren und einzelnen Männern, die sich hungrig umsahen.

Ich legte ihr die Hand auf die Schulter, woraufhin sie sich erschrocken zu mir umdrehte.

»Ach, du bist's, Diego.«

»Bin gerade zur Tür rein. Ich muss mich noch umziehen.«

Sie nickte, dann versank ihr Blick wieder im Spiegel an der gegenüberliegenden Wand. Sie hatte einen blauen Fleck am Oberarm, gleich über dem Ellenbogen, den der schwarze Tüllärmel ihres Tanzkleids nicht ganz verdeckte. Ich sagte nichts.

Wir kamen erst nach Mitternacht hinaus, trotzdem wollte sie nicht, dass ich sie begleitete, weil irgendein reicher Alter ihr versprochen hatte, sie mit dem Automobil nach Hause zu fahren. Ich sah sie an, suchte in ihrem Blick vergeblich nach irgendetwas: Auflehnung, Angst, Hoffnung, Wut, was auch immer. Ihr Blick war trüb wie beschlagene Scheiben im Winter.

Ich strich ihr mit dem Daumen über die Wange und bekam von ihr ein zerstreutes, abwesendes Lächeln. »Morgen im La Marina. Denk dran, Süße.«

Sie nickte stumm, und ich bog in die leere Straße ein mit dem dumpfen Wunsch, jemanden zu erdolchen.

Aus einer unruhigen Nacht, in der ich viel geschwitzt hatte, erwachte ich mit dem Gedanken: »Morgen heirate ich«, und auf einmal fühlte ich mich wie ein in einem Abguss trudelndes Insekt, kurz bevor es von der Dunkelheit verschluckt wird. Ich schloss fest die Augen und versuchte mich mit einem Ave Maria zu beruhigen, wie meine Mutter es mir beigebracht hatte; ich vergrub mich in die Laken und wünschte mir ganz fest, dass ich jahrelang weiterschlafen und der nächste Tag niemals kommen würde, dass Rojo längst eine andere Braut und fünf Kinder hätte, wenn ich erwachte.

Am Vortag war Doña Melina, María Esthers Mutter, da gewesen und hatte mir ausgerichtet, dass meine Freundin nicht zu meiner Hochzeit kommen könne. Sie sei schwanger und habe leichte Blutungen, das komme zwar in den ersten Monaten hin und wieder vor, trotzdem dürfe sie eine so beschwerliche Reise nicht auf sich nehmen. Ich hatte meine Tränen nicht zurückhalten können, als mir bewusst wurde, dass ich bei ihr nun nicht einmal Trost in einem Gespräch von Frau zu Frau würde finden können, wie damals als junges Mädchen, dass sie mir nicht wie ich ihr beim Anziehen helfen würde und ich mit den Italienerinnen vorliebnehmen musste, die sich selbst schon als Bräute sahen und ganz erpicht darauf waren, eine Hochzeit aus der Nähe zu erleben.

Doña Melina hatte mir wohl angemerkt, was mir durch den Kopf ging, denn sie hatte mich wie eine Tochter in die Arme genommen und mir angeboten, mir bei der Toilette für die Kirche zu helfen, aber ich hatte ihr gesagt, dass das nicht nötig sei und dass Gina, Beatrice und Vanina mir bestimmt mit Begeisterung zur Hand gehen würden.

»Es ist normal, dass du unruhig bist«, hatte sie zu mir gesagt, bevor sie gegangen war. »Es ist ein großer Schritt, mein Kind, aber man muss ihn tun. Dein Bräutigam ist ein guter Mann, er liebt und achtet dich, und das ist die Hauptsache. Wenn du ihn nicht hättest, wärst du, sobald dein Vater nicht mehr da ist, leichte

Beute für irgendwelche Gauner, wie so viele Mädchen, die wir beide kennen, oder du würdest als alte Jungfer enden, die nur zwischen Wohnung und Kirche hin und her geht und sich krumm buckeln muss, weil man ihr nur halb so viel Lohn wie einem Mann bezahlt. Vielleicht ändern sich die Dinge irgendwann, das sagen zumindest die Frauen von der *Unión Feminista*, aber in unserer heutigen Zeit braucht eine Frau einen Ehemann, Natalia.«

»Glauben Sie«, wagte ich sie zu fragen, als wir schon fast an der Tür waren, »dass es stimmt, was die Leute sagen, dass mit der Zeit auch die Liebe kommt?«

Sie lächelte und blickte dabei ins Leere, als sähe sie etwas ganz weit weg, das mir verborgen war. »Das kommt vor. Wenn beide ihren Teil dazu beitragen. Wenn man die Achtung füreinander nicht verliert, wenn man auf eine gemeinsame Zukunft hinarbeitet, die beide wollen. Hör zu, mein Kind« – als sie das sagte, nahm sie mich am Arm und sprach mir ins Ohr, als fürchtete sie, jemand könnte uns in dem leeren Haus hören –, »ich will dir einen Rat geben, weil ich weiß, dass du niemanden hast: Stell vom ersten Tag an die Dinge für deinen Ehemann klar, sag ihm, was du magst und was nicht; er soll gar nicht erst glauben, er habe zu allem ein Recht, nur weil er ein Mann ist. Du sollst natürlich sanft mit ihm reden, liebevoll und nie vor anderen, denn ein Mann erträgt es nicht, wenn er zu hören bekommt, seine Frau habe zu Hause die Hosen an, aber lass dich nicht unterbuttern.« Ich wollte etwas sagen, aber sie hielt mich zurück. »Ich weiß, so was hat dir bestimmt noch nie jemand gesagt, aber wir leben nicht mehr in den Zeiten unserer Großmütter, und ich will, dass du glücklich wirst, Natalia. Wenn eine Frau nicht glücklich ist, wird sie bitter und mit ihr alles, was sie anrührt: ihre Kinder, ihr Ehemann, ihre Nachbarinnen ... Hol das Beste aus deinem Leben heraus, so wenig es auch ist, und bedenke, dass andere sich krummlegen würden für das, was du hast. Denk nicht an das, was du verloren hast, denk an das, was du gewinnen kannst, mein Kind. Komm her, gib mir einen Kuss.«

Wir umarmten uns noch einmal in dem düsteren Flur.

»Komm mich besuchen, wann immer du willst. Seit María Esther weg ist, habe ich nur noch Männer im Haus, und auch ich bin sehr allein.«

Während ich im Bett lag, vollzog ich das ganze Gespräch noch einmal nach, und beim Aufstehen war ich verstört. Doña Melina hatte recht; was sie mir gesagt hatte, hatte man mir nicht beigebracht, es war vielmehr das Gegenteil dessen, was ich aus den Gesprächen meiner Tanten, meiner Cousinen, der Hausmädchen herausgehört hatte ... Ich war mir sicher, dass sie es gut gemeint hatte, und trotzdem wäre es mir fast lieber gewesen, sie hätte mir gesagt, was man immer zu hören bekommt: dass man sich fügen müsse, aufopfern, ein freundliches Gesicht aufsetzen und dienen, Gott, den Eltern, dem Ehemann, den Kindern ... immer nur dienen, denn dazu waren die Frauen geschaffen. Und die das nicht machen, sind schlecht.

Ich ging im Nachthemd durchs Haus und vergewisserte mich, dass alles sauber und aufgeräumt war, denn den Tag vor der Hochzeit wollte ich meiner Toilette widmen, aber die Wohnung hatte Vorrang. Zum Glück war ich so klug gewesen und hatte in den letzten beiden Wochen im Haushalt so weit vorgearbeitet, dass ich nun ausreichend Zeit hatte, mich zu baden, mir die Haare zu waschen und die Nägel zu pflegen.

Vater würde wie immer bis abends in der Werkstatt sein, und an diesem Tag kam er auch nicht zum Mittagessen, damit ich ungestört im Hof baden konnte. Ich setzte den großen Topf auf, damit ich lauwarmes Wasser für die Wanne hatte, und trug alles hinaus, was ich brauchte: das gute Handtuch, die parfümierte Seife, die wir aus Valencia mitgebracht hatten, das Kölnischwasser, die Brillantine, die Nievina-Creme, die ich mir heute nicht nur aufs Gesicht, sondern auf den ganzen Körper auftragen würde… Mir verkrampfte sich der Magen, als ich daran dachte, dass schon bald fremde Hände meinen Körper anfassen würden, Männerhände, Rojos raue Matrosenpranken, groß wie Ofenschaufeln und voller Schwielen vom Hantieren mit den Schiffstauen.

Berstein hatte mir auch noch nie einen Kuss gegeben, und wenn ich mir vorstellte, wie er mir seinen Schnurrbart an den Mund drückte, wurde mir ganz bang, nicht richtig übel, aber mir zitterten die Hände. Klar, das lag bestimmt nur daran, dass ich es noch nie ausprobiert hatte; und vielleicht gefiel es mir, das sag-

ten auch die Italienerinnen, die das mit ihren Verlobten schon gemacht hatten.

Es herrschte eine höllische Hitze, dabei war es noch
nicht einmal neun. Die Sträucher im Hof hingen welk
herab, und selbst der kleine Baum hinten, der im
Frühling gelb blühte und von dem wir nicht wussten,
um welche Art es sich handelte, bot einen traurigen
Anblick. Nur die Geranien und Nelken leuchteten rot
wie Feuer, und die Winden wucherten unaufhaltsam
über die Mauer zum Nachbarhaus. Ich schöpfte mit
dem Eimer Wasser aus dem Brunnen und goss alle
Pflanzen, um nicht ihren neidvollen Blick ertragen zu
müssen, wenn sie mir nachher beim Baden zusehen
mussten. Der Himmel war strahlend blau, ohne eine
Wolke, und der starke Duft des Jasmins machte mich
geradezu benommen.

Ich füllte die Wanne – halb mit heißem, halb mit
kaltem Wasser, bis es angenehm war –, vergewisserte
mich, dass mir niemand zusah, zog mich aus und glitt
mit einem Seufzer ins Wasser. Es tat so wohl, dass es
schon fast eine Sünde war, aber schließlich hat jedes
Mädchen das Recht, sein letztes Bad als Jungfrau zu
genießen, selbst in meiner Lage, in einem fremden
Land, ohne Mutter, ohne eine Freundin zum Reden,
ohne das flüssige Feuer, das dieser Mann, der bald
mein Angetrauter sein würde, doch eigentlich in mir
hätte entfachen sollen.

Unwillkürlich dachte ich an den Mann, den ich am
Tag zuvor bei Uxío gesehen hatte. Vor allem sein Blick
war mir in Erinnerung geblieben, dabei hätte ich nicht

einmal sagen können, welche Farbe seine Augen hatten; die Spannkraft seines hageren Körpers; seine feine, schlanke Hand, die die Karten gehalten hatte. Die anderen hatten ihn Diego genannt.

Ich seifte mich ein und lenkte meine Gedanken auf andere Dinge: Das Kleid war gebügelt, die Strümpfe in Seidenpapier eingeschlagen, die Schuhe in der Schachtel, der Schleier an dem Kranz aus Wachsorangenblüten festgesteckt. Papa würde auf dem Heimweg von der Werkstatt den Strauß mitbringen, und am Abend würde er mir Mamas gute Ohrringe geben, die er für meine Hochzeit aufbewahrt hatte und an die ich mich kaum noch erinnern konnte, da Mama sie nur zu wichtigen Anlässen getragen hatte.

Ich dachte daran, wie schön es gewesen wäre, wenn es mit dem Porträt geklappt hätte. Papa hatte die Idee gehabt, als wir gerade nach La Boca gekommen waren. Damals hatte ich mich geniert, nun aber dachte ich, es wäre schön gewesen. Papa hatte von einem Maler gehört, einem gewissen Nicanor Urías, einem anscheinend hervorragenden Porträtisten, und sich in den Kopf gesetzt, mich von ihm malen zu lassen, damit meine Kinder immer eine Erinnerung an ihre Mutter haben würden. Er redete nicht darüber, aber ich wusste, wie sehr es ihn schmerzte, dass er noch nicht einmal eine Fotografie seiner Frau besaß, und auch ich dachte manchmal, dass wir mit dem vielen Geld, das meine Onkel und Tanten in Valencia verschleudert hatten, auch gut ein Porträt meiner Mutter hätten in Auftrag geben können, als sie noch jung und hübsch gewesen war, bevor die tödliche Krankheit sie viel zu früh zur alten Frau hatte werden lassen. Wir hätten es ins Wohnzimmer gehängt, und ich hätte es mir immer ansehen können, wenn ich allein zu Hause war, und ihre fröhlichen und sanften Augen hätten mir das Gefühl gegeben, noch immer von ihr behütet zu werden.

Aber wie das Porträt meiner Mutter, so war auch meines nicht zustande gekommen. Papa sagte, Urías würde zu viel verlangen, außerdem müssten wir die Hochzeit vorbereiten und könnten uns nicht noch mehr Ausgaben leisten. Die Italienerinnen hatten mir allerdings erzählt, dass gar nicht das Silber – so sagt man in Argentinien zu Geld – der Grund war, sondern die seltsamen Gerüchte über den Maler, dass er der Sohn einer brasilianischen Hexe wäre und damit selbst in gewisser Weise ein Hexenmeister, und dass seine Porträts deshalb so gut und täuschend echt wären, weil er in ihnen ein Stückchen der Seele des Porträtierten einfange.

Ich glaubte das nicht so ganz und wunderte mich sehr, dass mein Vater, ein so glaubensfester und vernünftiger Mann, das für wahr halten sollte. Vielleicht war der Grund auch einfach nur, dass der Maler Mulatte war, und Papa hatte nicht gern mit farbigen Menschen zu tun. Oder es lag eben doch am Geld, denn er hatte noch mit einem anderen Maler gesprochen, einem gewissen Quinquela Martín, der für eine Ausstellung Menschen aus dem Viertel malte, und war mit demselben Spruch zurückgekommen, dass wir zunächst mal an die Hochzeitsvorbereitungen denken müssten, dann würden wir weitersehen.

Ich weiß nicht, warum, an diesem Tag kreisten meine Gedanken immer wieder um Dinge, die nicht sein sollten, während mir alles Tatsächliche wie ein nasses Stück Seife entglitt.

Ich wusch mir sorgfältig den Kopf, spülte die Haare mit Essig, damit sie glänzten, kämmte sie und ließ sie offen über den Schultern trocknen. Dann cremte ich mich ein, ließ aber so gut wie den ganzen Rücken aus, damit meine Haare nicht fettig wurden, und zuletzt schraubte ich das Veilchenwasser auf, das mich an meine Mutter und an Valencia erinnerte.

Erst dann fiel mir ein, dass ich den ganzen restlichen Tag in der Küche stehen und die Torten, Krapfen und Madeleines backen musste, und nach so vielen Stunden am Ofen, so überlegte ich, würde ich am Abend wieder ganz verschwitzt sein, und musste lachen. Aber wenigstens waren meine Haare gewaschen, und eine Katzenwäsche im Hof war immer noch drin, wenn es meinem Bräutigam nicht einfiel, uns nach dem Abendessen noch zu besuchen.

Was er nur gerade machte? Badete er wie ich, machte er sich für die Hochzeitsnacht zurecht? Oder feierte er mit seinen Freunden in einer Kneipe beim Bier den Abschied vom Junggesellendasein? Und der andere? Was machte er, während ich mir im Hof meine Haare trocknen ließ?

Obwohl ich mir dabei dumm und etwas schuldig vorkam, malte ich mir aus, wie der Tag vor meiner

Hochzeit ausgesehen hätte, wenn alles einen anderen Weg genommen hätte, wenn wir in Valencia geblieben wären, wenn Mutter nicht gestorben wäre, wenn ich einen Mann wie den in der Kneipe heiraten würde.

Ich wäre in einem Haus voller Frauen aufgewacht, ich hätte die Dienstmädchen hin und her laufen gehört, und Mama hätte mit mir bei einer Tasse Schokolade besprochen, was alles noch zu tun war. Ich hätte keinen Fuß in die Küche setzen müssen, da mein Großvater alles bei der Konditorei von Remedios bestellt hätte, und irgendwer wäre schon dabei, den Salon für das Fest zu schmücken. Am Vormittag wären wir in die Kathedrale gegangen, um Gott zu danken und den Blumenschmuck zu begutachten …

Die Kirche! Ich hatte vollkommen vergessen, dass ich um sechs Uhr abends in die Kirche zur Beichte bestellt war. Was sollte ich überhaupt beichten, mein Gott? Dass ich das Baden ausführlich genossen und mich dabei müßigen Vorstellungen hingegeben hatte? Dass ich vom Tanzen und von Tangomusik träumte? Dass ich mir für einen klitzekleinen Moment vorgestellt hatte, die Hände, die mich am nächsten Tag berühren würden, wären die eines Mannes, den ich flüchtig im Dämmerlicht einer Kneipe gesehen hatte? War das alles Sünde? Ich küsste das Medaillon der Jungfrau der Schutzlosen, das ich seit meiner Erstkommunion um den Hals trug, und ging, ohne weiter über das alles nachzudenken, ins Haus, um die notwendigen Vorbereitungen zu treffen.

Ich nahm meinen Hut und verließ so, wie ich war, das La Marina. Mein Herz raste, ich umklammerte die Gitarre, als würde sie gleich wegfliegen. Ich sog die Nachtluft ein, ihren Geruch nach Brackwasser und Schiffsdiesel, durchzogen von einem Hauch Jasmin und Nelken, die einige Frauen vor ihren Häusern stehen hatten.

Abgehetzt kam ich im Royal an, wo die anderen bereits rauchend und ihre typischen Scherze machend herumstanden. In dem erleuchteten Café glänzte ihre Brillantine, und sie sahen trotz der Instrumente unterm Arm und der Feierstimmung im ganzen Viertel wie seriöse Herren aus. Alle hatten ihren Hut abgenommen und sich in Schale geworfen, Anzug und Fliege. Zum ersten Mal fiel mir auf, dass ich als Einziger keinen nach der Mode gestutzten Schnauzbart trug, und so nebensächlich das war, wieder einmal fühlte ich mich wie so oft im Leben als Außenseiter. Fremd, fehl am Platz. Für die anderen war es eine Samstagabendgaudi, für mich nicht.

Wir zogen los und diskutierten, was wir spielen wollten, jeder setzte sich für sein Lieblingsstück ein, nur ich nicht, denn ich war mit meinen Gedanken woanders, mir war alles recht, wenn ich sie nur wiedersehen würde.

Ein paar Minuten darauf bezogen wir unseren Posten vor ihrer Haustür und stimmten unsere Instrumente, doch niemand zeigte sich an den Fenstern. Dann schwang Canaro seinen Bogen, und wir setzten zu einem kleinen Walzer ein, der im letzten Winter

Mode gewesen war. Danach spielten wir eine Milonga und dann den ersten Tango.

Mittlerweile standen nicht nur einige Frauen verstohlen hinter den Jalousien, sondern die gesamte Nachbarschaft hatte sich an den Türen versammelt und applaudierte nach jedem Stück, nur in Natalias Haus blieb es dunkel. Entweder waren sie taub, oder sie wollten unsere bescheidene Ehrung nicht zur Kenntnis nehmen.

Nach jedem Lied wischte ich mir die Hände an den Hosenbeinen ab und summte leise und flehend ihren Namen: »Natalia, Natalia, Natalia ...« Ich wollte sie aus dem Bett locken, sie ans Fenster lotsen und ihren Blick auf mich lenken, und sei es nur dieses eine Mal.

Beim fünften Stück, als das Ganze schon zu einem regelrechten Dorffest ausgewachsen war, bei dem die Leute ihre Musikwünsche an uns richteten und zwei Männer unter der Ecklaterne tanzten, wurde mein Flehen erhört, und die Haustür ging auf. Ein älterer Herr, wohl Natalias Vater, erschien, und nachdem wir mit dem Stück fertig waren, fragte er mit einem unentschiedenen Lächeln: »Kommt ihr von Rojo?«

Canaro machte eine kunstvolle Verbeugung und erklärte ihm, dass wir von der bevorstehenden Hochzeit seiner Tochter erfahren hätten und der Señorita eine Serenade widmen wollten.

Der Mann lächelte und ging zurück ins Haus. Ich starrte zum oberen Stock hoch, um Natalias Erscheinen nicht zu verpassen, und als Canaro den nächsten Einsatz gab, wusste ich gar nicht, welches Stück wir spielten, und stolperte ein paar Takte zu spät hinein. Es war *Percanta que me amuraste*, ein Tango von Contursi, der mich schon immer aufgewühlt hatte, erst recht, seit er mit Castriotas Text zu *Mi noche triste* geworden war.

In einem weißen Nachthemd und rosafarbenem Schal über den Schultern trat sie scheu lächelnd auf den kleinen Balkon. Ihr Vater stand hinter ihr, und ich starb vor Neid, als er ihr übers Haar strich, das ihr wellig über den Rücken fiel.

Natalia sah einen nach dem anderen von uns an, bis unsere Blicke sich fanden. Ich spielte wie in Trance, achtete weder auf Canaro, noch erinnerte ich mich an den verabredeten Ablauf, ich folgte einfach dem Bandoneon und meiner Leidenschaft, die mich aus der Welt, die mich umringte, forttrug, und währenddessen sah sie mich an und biss sich wie ich auf die Lippen.

Ich erinnere mich nicht mehr an das letzte Stück; ich weiß nur noch, dass es auf einmal still war und Don Joaquín uns vom Balkon aus auf ein Gläschen Moscatel einlud, nur seine Tochter müssten wir entschuldigen, da sie am nächsten Tag früh aufstehen müsse und uns deshalb zu so später Stunde keine Gesellschaft leisten könne. Ich verstand den Alten. Ich hätte ihr auch nicht erlaubt, sich im Nachthemd und in ihrer letzten Nacht als junges Mädchen zu irgendwelchen unbekannten Musikern zu setzen, aber während ich trank und mit den Jungs Witze riss, stellte ich sie mir die ganze Zeit dort oben im ersten Stock vor, so nah und doch so fern in ihrem nach Nelken duf-

58

tenden Jungmädchenbett, wo sie auf einen Mann harrte, der nicht ich war. Vom Flur aus sah ich die nach oben führende Treppe und musste mich sehr zusammennehmen, um nicht einfach hochzustürmen.

Als wir uns verabschiedeten, lud Don Joaquín uns alle in einem Anfall von Großzügigkeit und Dankbarkeit zur Hochzeit ein – »Nicht als Musiker, als Freunde«, stellte er klar –, und im Hinausgehen dachte ich, dass er mir auch gleich ein Messer in die Brust hätte rammen können und dass ich es dennoch um nichts in der Welt versäumen wollte, sie noch einmal zu sehen, und sei es in der Kirche, in Weiß gekleidet für einen anderen Mann.

Als ich zu Uxíos Kneipe ging, um ihn zu fragen, ob ich mich irgendwo bis zum Morgen hinlegen könnte, stand der Himmel voller Sterne, doch sie muteten mich an, als wären sie Scherben eines zerbrochenen Glases, die Überreste von etwas sehr Schönem, das für immer zerstört war. Scharfe Splitter in der samtenen Haut der Nacht.

Am Arm meines Vaters trat ich aus dem Haus, ich trug das weiße Satinkleid, den Orangenblütenkranz und den Schleier vor den Augen, und meine Hände umklammerten das Nardensträußchen, dessen süßer Duft mich schwindlig machte. Hinter uns tummelten sich die Italienerinnen, gurrend wie die Tauben am frühen Morgen; mein Vater schritt, sich der Bedeutung des Moments bewusst, stolz wie ein Pfau in seinem Sommeranzug, herausgeputzt mit Seidenkrawatte, dem guten Panama und der Narde im Knopfloch, und grüßte nach allen Seiten die schaulustigen Nachbarn in ihren Türen und auf den Balkonen.

An der Ecke wartete schon Beatrices Bruder mit seiner Mandoline, der unseren Weg zur Kirche mit Hochzeitsliedern aus seinem Heimatdorf begleiten würde.

Papa lächelte mir zu und drückte meine Hand auf seinem Arm. Trotz allem, was auf uns zukommen sollte, habe ich ihn mir so in meiner Erinnerung bewahrt: stolz lächelnd und glücklich. Glücklich nach all den Rückschlägen, nach all dem Kummer. Allein das war die Sache wert, dachte ich damals, soweit ich an dem Tag zum Nachdenken kam, denn seit ich die Augen aufgeschlagen hatte, hatte ich keine Sekunde für mich gehabt und mir noch nicht einmal bewusst machen können, was für einen Schritt ich im Begriff war zu tun. Die Italienerinnen waren schon zur Stelle gewesen, bevor es überhaupt richtig hell geworden war, und nach einem hastigen Kaffee in der Küche ging es auch schon ans Frisieren und Ankleiden, während Papa auf sein Zimmer verschwand, um sich »vorzeigbar zu machen«. Erst dann erinnerten wir uns, begleitet von schuldbewusstem Kichern, dass man für die Kommunion nüchtern sein musste, und einigten uns darauf, dass Kaffee eigentlich nichts weiter als Wasser mit ein bisschen Geschmack war. Trotzdem machte ich mir Vorwürfe, dass ich nicht daran gedacht hatte, und hörte in mir Oma Begoñas Worte: dass ich eine schlechte Christin sei und dass so etwas Unglück

60

brächte. Ich bat die Jungfrau der Schutzlosen um Vergebung und nahm mir fest vor, möglichst bald zur Beichte zu gehen.

Die Augen dieses Mannes, die mich die ganze Nacht nicht hatten ruhig schlafen lassen, waren noch immer da, jedoch nicht aufdringlich, sondern eher so, als würden sie mich begleiten und mit mir teilen, was ich sah: die Narden in meinem Strauß, die lächelnden Nachbarinnen, die frisch gefegte Straße, die großen dunklen Vögel, die über unseren Köpfen kreisten und plötzlich wegflogen, als flöhen sie vor dem Glockengeläut von San Juan Evangelista.

Am Eingang der Kirche herrschte dichtes Gedränge. Ich wusste gar nicht, dass wir so viele Leute kannten; aber vielleicht war das bei Hochzeiten immer so. Ich war bislang nur bei der von María Esther gewesen, und sie hatte im Stadtzentrum geheiratet, wo man mehr unter sich blieb. Doch dies war La Boca, und Ereignisse gehörten hier allen.

Als wir uns dem Eingang der Kirche näherten, zitterten mir auf einmal die Knie, sodass Papa mich stützen musste.

»Ist dir schwindlig?«, fragte er mich.

Ich schüttelte den Kopf und zwang mich zu lächeln.

»Was ist mit dir, mein Kind, hast du Angst?«

Ich schwankte kurz, ob ich ihm die Wahrheit sagen oder die Angelegenheit herunterspielen sollte, und nickte dann.

»Das ist normal, mein Liebes. Es ist gleich vorbei.«

Es ist mir bis heute unerklärlich, woher ich den

Mut nahm, aber wenige Schritte entfernt von den Männern mit ihren Zigaretten und den Frauen mit ihren Fächern, die erwartungsvoll an der Kirchentür standen, sagte ich ganz leise zu meinem Vater: »Papa, warum haben Sie mich nie gefragt, ob ich Rojo heiraten will?«

Von einer Sekunde zur nächsten wich alle Farbe aus seinem Gesicht, er starrte mich an und schluckte, was ich daran erkannte, wie sein Adamsapfel ein paarmal auf und ab glitt. Der Nardenduft umhüllte uns wie eine heiße Wolke, und uns beiden rann der Schweiß über die Schläfen. Papa hob vorsichtig meinen Schleier an, zog das Taschentuch hervor, tupfte mir mit aller Zärtlichkeit übers Gesicht, dann trocknete er seines und steckte das Tüchlein wieder ein.

»Heißt das, du willst nicht?«, fragte er.

Es war nicht der Moment für eine Aussprache. Alle sahen uns an, und die Italienerinnen, die vorgegangen waren, machten von der Kirchentür aus auffordernde Zeichen.

»Das ist es nicht, Papa«, sagte ich, über mich selbst erschrocken. »Na ja, ich weiß auch nicht … Mir wäre es lieb gewesen, wenn mich jemand gefragt hätte.«

»Hat Rojo dich nicht gefragt?«

Ich biss mir auf die Lippen und schüttelte einfach nur den Kopf.

»Und woher soll ich das bitte schön wissen? Mit mir redet ja keiner. Wie soll ich darauf kommen, dass Berstein bei mir um deine Hand anhält, ohne dich vorher gefragt zu haben?« Seine anfängliche Verwirrung schien Verwunderung gewichen zu sein, und die konnte schnell in Verärgerung umschlagen. »Was soll's, Natalia, liebst du ihn?«

»Ich weiß nicht«, wagte ich zu sagen und senkte den Blick.

»Das hat uns gerade noch gefehlt! Monatelang versuche ich, mich an den Gedanken zu gewöhnen, dass du kein Kind mehr bist, und jetzt kommst du mir mit so was.«

»Ach, es ist nicht so wichtig, Papa«, verteidigte ich mich. »Das sind sicher nur die Nerven.«

Die Glocken – ärmlich der blecherne Klang und dennoch richtige Hochzeitsglocken – läuteten, die Leute durchbohrten uns mit ihren Blicken, die Italienerinnen hüpften von einem Fuß auf den anderen und fragten sich sicherlich, was wir da machten, was wir so lange herumstanden und redeten, und in dem Moment erschien an der Kirchentür Berstein. Er wirkte auf mich so bemitleidenswert wie ein streunender Hafenköter mit seinem hellen gestreiften Leinenanzug, dem steifem Kragen und der Schleife; er hatte sich den roten Schopf gewaschen und gekämmt und umklammerte die Krempe seines Huts, als würde er sonst im nächsten Moment davonfliegen. Dieser bescheidene, saubere Kerl tat mir auf einmal so leid, dass ich ihn anlächelte, und dann fragte ich meinen Vater: »Ist mein Lippenstift noch da?«

»Du hast ihn aufgegessen«, antwortete er ebenfalls lächelnd. »Gehen wir?«

»Gehen wir, Papa.«

»Natalia, hast du mir einen Schrecken eingejagt! Solche Aufregungen sind nichts mehr für mich!«

Feierlich schritten wir los und wurden von allen Seiten mit Glückwünschen überschüttet; Berstein ging zurück in die Kirche, um dort gemäß dem Brauch vor dem Altar auf mich zu warten, und Papa flüsterte mir ins Ohr: »Du bist wunderschön, mein Kind. Ich wünschte, deine Mutter könnte dich sehen. Sie wäre stolz auf dich.«

Mir stiegen die Tränen in die Augen, und bei den ersten Takten des Hochzeitsmarsches, den irgendjemand auf der Geige spielte – in San Juan in La Boca hatten wir keine Orgel –, dachte ich auf einmal daran, dass meine Mutter vor über zwanzig Jahren gegen den Willen ihrer Familie den Mann geheiratet hatte, den sie erwählt hatte, und da wusste ich zwei Dinge: dass sie nicht stolz wäre und dass es zu spät war umzukehren.

Die Hochzeit kam mir quälend lang vor, so als müsste ich mit angehaltener Luft unter Wasser ausharren. Als ich sie anfangs vom Eingang der Kirche aus sah, wie sie draußen miteinander flüsterten, dachte ich schon, dass vielleicht ein Hindernis aufgetaucht wäre und es gar keine Trauung geben würde, was allerdings ein frommer Wunsch war, denn kurz darauf tupfte Don Joaquín Natalia das Gesicht ab – offenbar weinte sie – und führte sie dann in die Kirche.

Dort nahm alles seinen Lauf. Ein dümmlich lächelnder Rotschopf wartete auf sie vor dem Altar, neben ihm eine blonde Frau mit schwarzer Mantille. Die vier knieten sich hin, und ich verdrückte mich hinter einer Säule, um sie wenigstens hinter ihrem Vater von der Seite zu sehen.

Sie stand da wie ein erschrockenes Tierchen, während der Pfarrer sie auf Latein zuquasselte und die Versammelten wie Marionetten aufstehen und sich hinknien ließ. Da ich seit Jahren keine Kirche mehr betreten hatte, erinnerte ich mich nur noch vage an die Abfolge einer Messe und bewegte einfach brav mit den anderen die Lippen. Ich ließ meine Flamme, die einzige, die mir inmitten der vielen Kerzen etwas bedeutete, die ganze Zeit nicht aus den Augen und wartete verzweifelt auf ein Wunder. Als der Pfarrer, flankiert von zwei Ministranten, dem Bräutigam ein weißes Tuch über die Schultern legte, unter das sie ihren Kopf stecken musste, schwand all meine Hoffnung; bei diesem Unterwerfungsritual musste ich an die Leintücher ihrer ersten Nacht denken.

Dann waren die Ringe dran und das »Ja, ich will«, das er beherzt brachte, während es sich bei ihr flehend anhörte, wie ein schwacher Windhauch im Schilf.

Ich hatte hier nichts mehr verloren. Als die Leute für die Kommunion aufstanden, verabschiedete ich mich für immer von Natalia und floh zur Tür, um die nächste Straßenbahn in Richtung Stadtzentrum zu nehmen.

Draußen stieß ich auf meine Jungs, die Zigaretten drehend auf die Hochzeitsgesellschaft warteten, um sich ihr anzuschließen. Das durchkreuzte meinen Plan, mich unbemerkt davonzustehlen, und da kamen auch schon die Brautleute Arm in Arm nach draußen, bestürmt von einem Haufen Freunden und Glückwünschen in verschiedenen Sprachen.

Ich fing kurz Natalias Blick auf, und mir war, als flehte sie mich an, sie nicht zu verlassen. Vielleicht täuschte ich mich. Vielleicht war es Einbildung, dass ihre Augen meinetwegen aufleuchteten, dennoch beschloss ich, das Gift bis zum Ende zu trinken und sie so weit wie möglich zu begleiten. Ich ließ mich von meinen Jungs mitschleppen, und nachdem wir ein paar Straßen überquert hatten, führte uns die Musik in einen Hof.

Dort drängten sich die Mädchen, die es eiliger gehabt hatten als wir, Kellner warteten mit verschränkten Armen, und Kinder rannten zwischen den Beinen der Erwachsenen umher oder versteckten sich unter den weißen Tischdecken der zu einem U gerückten Tische. Canaro nickte Firpo zu, und die Jungs auf dem Podium begrüßten uns Kollegen mit einem Lächeln. Wahrscheinlich wunderten sie sich über die Konkurrenz, aber keiner zeigte es.

Wir warteten bei einem Gin auf die Brautleute und den Beginn des Fests, und trotz der Weinlauben, die den Hof überdachten, gingen wir ein vor Hitze. Noch nie hatte ich mich so allein gefühlt, so verloren, so fehl am Platz wie in dem Augenblick, als ich ihre im Gegenlicht schemenhafte weiße Gestalt zur Tür hereinkommen sah, und in dem Augenblick kam mir die schmerzhafte Erkenntnis, dass es mein Schicksal war, immer zu spät oder zur falschen Zeit zu kommen, dass es mein Schicksal war, als Zweiter anzukommen, und der Zweite verliert so wie der Letzte.

Ich stand das Fest durch, obwohl mir das Blut in den Schläfen pochte und Übelkeit in mir hochstieg. Hin und wieder sah sie zu mir herüber, und sobald unsere Blicke sich trafen, sah sie wieder weg, so rasch, als hätte sie sich verbrannt.

Walzer und Milongas begleiteten die Gäste bei Torte und Kuchen und galicischem Cidre, und ich rauchte schweigend und klammerte mich an mein eines Glas Gin, denn ich wollte mich in Gegenwart dieser glücklichen Menschen nicht betrinken.

Dann begann der Tango. Die Mädchen juchzten, augenblicklich bildeten sich Paare und stürzten sich unter den Lauben ins Tanzvergnügen, und im Spiel von Licht und Schatten sah es so aus, als streue die Sonne Goldmünzen auf ihre ärmlichen Sonntagskleider.

Don Joaquín beugte sich über Natalia und sagte etwas zum Bräutigam, woraufhin der lächelnd immer wieder entschuldigend den Kopf schüttelte. Schließlich stand der Vater auf und sagte etwas zu den Musikern, und als sie mit ihrem Tango fertig waren, stimmten sie einen Walzer an, zu dem Natalia und ihr Vater unter dem zufriedenen Blick des rothaarigen Deutschen tanzten. Als sie geendet hatten und Natalia an ihren Platz zurückgehen wollte, hielt Don Joaquín sie zurück, blieb mitten auf der Tanzfläche stehen und sagte, den Blick auf uns alle gerichtet: »Meine Herren, die Braut, meine Tochter Natalia, die Sie hier vor sich sehen, möchte so gern Tango tanzen, aber ich kann nicht mehr als Walzer und Paso doble, und der Bräutigam hat, wie er selbst sagt, zwei linke Füße. Würde sich jemand von Ihnen zur Verfügung stellen? Gibt es in dieser auserwählten Truppe einen guten Tangotänzer?«

Alle Blicke richteten sich auf mich, und meine Jungs an der Bar grölten, ich sei der beste Tänzer in Buenos Aires, dass ich in Cafés und Theatern tanze und Natalia bei mir in den besten Händen sei.

Ich stand auf und wollte mir schon das Halstuch richten, als ich bemerkte, dass ich eine Fliege trug, also strich ich mir schnell das Jackett glatt und eilte im Tänzerschritt auf sie zu, dann fasste ich ihre Hand, die trotz der herrschenden Hitze kalt war.

Alles verschwamm. Als sie ihre kalte Hand auf meine Schulter legte und ich ihren Körper an meinen geschmiegt spürte, war alles wie ausgelöscht: der Trubel, die verschwitzten Gesichter, der Geruch nach hundert Seifen und billigen Parfüms; nichts um mich herum existierte mehr, nur noch die Musik und ihr Körper. Der Tango, sie und ich.

Sie tanzte wie eine Göttin. Ich fühlte mich wie an einen Drachen geklammert, der mit mir im Nachmittagswind in den Himmel stieg, als flögen wir über Felder und Flüsse, als hörte die Zeit auf zu existieren. Ich hätte in diesem Moment sterben wollen, denn ich wusste, so etwas erlebt man nur einmal. Sie hätte mir mit ihrer weißen Hand die Augen geschlossen, und ich wäre glücklich gewesen für immer.

Aber ich starb nicht. Das Stück endete, alles applaudierte, und ich riss mich mit einem Ruck, der wie ein Messerstich schmerzte, von ihrem Körper los. Wie ein Blinder tastete ich auf dem nächsten Tisch nach den Blumen, meine Hand ergriff eine, die ich ihr dann ohne Worte reichte. Es war eine blutrote Nelke, die Blüte hatte sich gerade erst geöffnet, sie roch nach dem Paradies, das erreicht und wieder verloren war. Sie steckte sie sich unter dem Orangenblütenkranz ins Haar und sah mich aus ihren fiebrig glänzenden Augen an.

Was mir wie eine Ewigkeit vorgekommen war, muss keine Sekunde gedauert haben, denn die Leute klatschten immer noch und wollten mehr von uns sehen, und so legten wir erneut die Arme umeinander und tanzten noch einmal nur zu zweit auf der Tanzfläche.

Ehe ich begriff, was geschah, hatte Canaro mit unseren Jungs das Podium erklommen, und sie spielten nun den Tango, zu dem ich sonst mit Grisela brillierte. Natalia war ein seidenes Taschentuch, das an mir klebte, eine Flamme, die an mir leckte, mich mehr und mehr erhitzte. Mit jedem Schritt, mit jeder Drehung beschleunigte sich unser Atem, und sie zog mich in einen Strudel, aus dem es kein Entkommen gab.

Als ich mich von ihr löste, zitterten wir, und ich war blind von dem Schweiß, der mir in die Augen rann. Sie zupfte ein Taschentuch hervor und wollte mir schon die Schläfe trocknen, reichte es mir dann aber, ohne mich zu berühren. Sie drehte sich zu dem Tisch

um, an dem ihr Vater und ihr Ehemann saßen und
klatschten, machte einen anmutigen Knicks, und
schon war sie umringt von einer Schar Mädchen,
die sie stürmisch umarmten und küssten.

Ich musste mit fast allen von ihnen tanzen, damit
niemand schlecht über Natalia dachte, und als es
Abend wurde, ging ich zu der Gruppe, bei der sie,
ihr Vater und der Bräutigam saßen, um mich zu verabschieden und mich für die Einladung zu bedanken.

»Danke, Don Joaquín«, sagte ich und reichte dem
alten Mann die Hand. »Glückwunsch«, sagte ich zu
dem Deutschen, der mir seine raue Pranke hinhielt.
»Sie nehmen eine Perle mit nach Hause, eine Tänzerin, wie man sie in Paris begehren würde.«

Der Mann lächelte gutmütig. »Sie haben sie mit
diesen Tangos sehr glücklich gemacht. Ich kann nicht
tanzen. Danke, mein Freund«, antwortete er mir mit
bellendem Akzent. Und leise fügte er hinzu, unter-
strichen von einem Händedruck und einem scharfem
Blick: »Aber Sie wissen, Natalia gehört jetzt einem
Mann, und damit ist es aus mit Tangotanzen, verstanden?«

»Señora«, wendete ich mich Natalia zu und spürte,
wie sich mir die Kehle zuschnürte, sodass meine
Stimme rau wurde, »es war mir eine Ehre.«

Sie reichte mir die Hand, nachdem sie mit einem
Blick das Einverständnis ihres Vaters eingeholt hatte,
und ich küsste sie vornehm wie ein feiner Herr.

Sie sah mir zwischen den Gästen hindurch nach;
der Blick ihrer unruhigen Augen bohrte sich mir wie

heiße Nadelstiche in den Rücken, und ich musste mich immer wieder zu ihr umdrehen; beim letzten Mal, schon an der Tür, fuhr ich mit dem Daumen in die Tasche meines Jacketts, aus der ihr Taschentuch herausblitzte, und legte meine ganze Liebe in meinen Blick, damit sie Bescheid wusste. Ich glaube, es ist mir nicht gelungen.

Ich musste mich an der Tischkante festkrallen, um nicht zu schreien. Ich biss mir möglichst unauffällig auf die Lippen, und plötzlich fing ich wie ein kleines Kind an zu heulen. Ich heulte wegen eines Unbekannten, mit dem ich ans Ende der Welt gegangen wäre, wenn er mich nur gefragt hätte, ohne Rücksicht auf meinen Vater, auf meinen Angetrauten, auf die tuschelnden, über meine Tränen lächelnden Nachbarinnen.

»Mein Kind, was ist?«, fragte mich Papa und nahm liebevoll meine Hand. »Denkst du auch an Mama?«

Ich nickte, obwohl ich mich elend und feige fühlte, und senkte den Blick, um ihm nicht in die Augen sehen zu müssen. Auch er war den Tränen nah.

Doña Melina rettete mich. Auf einmal stand sie hinter meinem Stuhl, fasste mich fest an den Schultern und half mir auf, um mit mir auf die Toilette zu gehen.

»Sie gestatten, Don Joaquín, ich nehme sie kurz mit. Das Mädchen braucht Luft und muss sich das Gesicht mit kaltem Wasser abkühlen.«

Arm in Arm gingen wir ins Haus, in ein großes

Badezimmer, wo es, anders als in dem stickigen Hof, so kalt war, dass ich eine Gänsehaut bekam. Die Mutter meiner Freundin nahm mir den Kranz und Diegos Nelke ab, befeuchtete am Waschbecken ein Handtuch und fuhr mir damit über die Schläfen, die Stirn und den Nacken, bis ich mich allmählich besser fühlte.

»Nimm dich in Acht, Natalia«, flüsterte sie mir ganz leise ins Ohr. »Dieser Mann ist gefährlich.«

»Welcher Mann?«, fragte ich unschuldig, denn natürlich waren meine Gedanken, so weh es tat, nur bei ihm.

Doña Melina nahm mein Kinn und zwang mich, sie anzusehen. »Ab jetzt gibt es für dich keinen anderen Mann als deinen Gatten, hast du mich verstanden? Alles andere ist vorbei. Es gibt nur deinen Ehemann, dein Heim und deine zukünftigen Kinder. Sei glücklich damit. Andere haben weniger.«

»Und er?«, wisperte ich, halb tot vor Scham.

»Er hat sein Leben. Weit weg von dir. So eine kleine Verliebtheit geht vorbei, Natalia. Du hast dich verknallt, nichts weiter. Er ist ein fescher Bursche und ein guter Tänzer. Und du bist ein unerfahrenes Küken, das gerade erst aus dem Ei geschlüpft ist. Vertrau der Zeit. Morgen sieht schon alles ganz anders aus, du wirst sehen.«

»Morgen werde ich zwanzig.«

Ich wollte sie um einen Rat für die bevorstehende Nacht bitten, als zwei der Italienerinnen hereinplatzten und nach der Braut fragten, was unser Gespräch beendete. Wir verließen gemeinsam das Bad, und Doña Melina flüsterte mir nur noch schnell zu: »Wenn du reden willst, komm morgen bei mir vorbei.«

Obwohl es noch hell war, verabschiedeten sich im Hof die ersten Ehepaare, und ich musste erst mal Hände drücken, verschwitzte Wangen küssen, gute Wünsche entgegennehmen, und dabei spürte ich die ganze Zeit Rojo hinter oder neben mir, die Wärme seines gewaltigen Körpers, seine Blicke, denen ich mich ausgesetzt fühlte wie ein Törtchen in einer Auslage.

»Meine Kinder«, sagte Papa zu uns und fasste uns von hinten an den Armen, »ihr dürft gehen, wann ihr wollt. Ich bleibe, bis die Letzten ausgefeiert haben, aber ihr seid sicher müde, und morgen wird wieder gearbeitet. Wenn ihr also gehen wollt...«

Sie wechselten einen einvernehmlichen Blick, und Berstein wandte sich mir zu: »Gehen wir, Natalia?«

Ich hätte den Wunsch äußern können, noch zu bleiben, aber da Rojo nicht tanzte und es früher oder später sein musste, nickte ich stumm und ging Gina suchen, die die Tasche mit den Straßenkleidern mitgenommen hatte, denn ich wollte nicht so spät noch im Brautkleid durchs Viertel laufen.

Wir begannen die Verabschiedungsrunde, gingen von Tisch zu Tisch, lachten über Witze, die ich nicht alle verstand, bedankten uns für die Geschenke und Glückwünsche, und nachdem mich mein Vater noch einmal lang umarmt hatte, standen wir beide allein auf der Straße. Rojo in seinem besten Sommeranzug, den er schon zur Trauung getragen hatte, ich in dem blauen Kostüm, das ich mir eigens genäht hatte.

Zum ersten Mal war ich mit Berstein wirklich allein, ohne Papa, ohne Freundinnen, ohne irgendwen sonst, und fühlte mich unbeholfen. Er reichte mir den Arm, und wir gingen schweigend nebeneinander her. Auf dem Weg zur Necochea kamen uns viele Leute entgegen, die in La Boca Vergnügung suchten, und mein Blick irrte suchend umher, obwohl ich wusste, dass er weg war, irgendwo trank oder Karten spielte oder das tat, was Männer tun, wenn sie weggehen.

Wir kamen nach Hause, und es befremdete mich, dass Berstein den Schlüssel aus der Tasche zog und die Tür aufsperrte. Aber mein Zuhause war jetzt auch seines, zumal das Zimmer, das er während seiner kurzen Landaufenthalte genutzt hatte, bereits gekündigt war.

Wir hatten Papas früheres Schlafzimmer bekommen, und er war in mein Mädchenzimmer umgezogen. Meine Freundinnen hatten das Zimmer unbedingt für die Hochzeitsnacht herrichten wollen, und ich hatte noch nicht einmal vorhin, als wir in die Kirche aufgebrochen waren, einen Blick hineinwerfen dürfen, und so war mir mein eigenes Zuhause ganz fremd, sogar der Flur, der zwar geputzt, aber genauso dunkel und traurig war wie immer.

»Noch ein Gläschen?«, schlug Rojo vor und betrat ganz selbstverständlich das Wohnzimmer. »Ich habe gestern eine Flasche Süßwein und Kekse besorgt, falls wir nach dem Nachhausekommen noch Appetit haben.«

Ich hatte gar nicht geantwortet, da schenkte er schon zwei Gläser ein; während er mir das eine hinhielt, lächelte er nervös.

»Auf unsere Liebe«, sagte er als Trinkspruch. Wir stießen an, und ich fragte mich, wie er darauf kam, dass ich ihn liebte.

Als hätte er meinen Gedanken erraten, sagte er, nachdem er seinen Wein ausgetrunken und ich einen kleinen Schluck genommen hatte: »Ich weiß, ich habe nie so richtig gesagt, dass ich Sie liebe, Natalia, aber Sie ... also ... du ... weißt es doch ... und jetzt, da wir verheiratet sind ... nehme ich an ... dass auch du mich liebst ... wenigstens ein kleines bisschen, oder?«

Ich glaube, ich wurde rot, und nahm in meiner Verlegenheit noch einen Schluck Wein.

»Was ich in der Kirche gesagt habe, fühle ich, Natalia. Ich werde dich mein Leben lang lieben und beschützen. Ich werde ein guter Ehemann sein, ich schwöre es dir.«

Er musste meine Verlegenheit für reine Schüchternheit gehalten haben, denn er drängte mich nicht zu Worten, sondern stellte mein Glas auf dem Tisch ab und umarmte mich ganz fest, wobei er seinen Kopf in meine Halsbeuge grub. Er roch nach Männerschweiß und Tabakqualm. Ich weiß noch, wie ich dachte, dass ich mich an diesen Geruch gewöhnen und von nun an mit ihm leben müsste.

»Komm«, sagte er zu mir, nahm mich auf den Arm und trug mich den Flur entlang, als wäre ich leicht wie ein Kopfkissen.

Die Mädchen hatten über das Bett eine elfenbein-weiße Spitzendecke gebreitet, die wir aus Spanien mitgebracht hatten, und Blütenblätter darüber ge-streut. Rojo wollte mich schon darauflegen, doch dann hätte ich die Blüten zerdrückt, und die Decke und mein Kleid hätten Flecken bekommen, darum wand ich mich in seinen Armen, und als ich ihm meine Befürchtung erklärte, setzte er mich auf dem Boden ab.

Gemeinsam schlugen wir die Decke zurück, und er sah mich in Hemdsärmeln von der anderen Seite des Bettes an, als wüsste er nicht, was er machen sollte. Die Schweißflecken unter seinen Achseln zogen sich fast bis zum Gürtel hinunter, und plötzlich schnaufte er wie nach einer Anstrengung.

»Ich gehe ins Bad«, sagte ich, weil ich raus aus dem Zimmer und einen Augenblick allein sein musste, aber er lächelte, als hätte er genau darauf gewartet.

Ich ging in den Hof, der im letzten Abendlicht lag, atmete tief durch und sah in den kleinen Spiegel, den wir neben die Tür gehängt hatten. Meine Haare wa-ren etwas zerzaust, meine Wangen erhitzt, und meine Augen glühten fiebrig, aber ich fand mich hübsch, und das gab mir ein wenig Vertrauen.

Wenn mich Diego im Schlafzimmer erwartet hätte, wäre alles einfacher gewesen; wir hätten eine Weile getanzt, auch ohne Musik, und danach ... danach wäre wahrscheinlich dasselbe passiert, aber es wäre anders, vollkommen anders gewesen.

An diesem Abend ging ich nicht tanzen. Ich ließ Grisela ausrichten, dass ich mich nicht gut fühle, und verzog mich mit zwei Flaschen Zuckerrohrschnaps in mein Kämmerlein, um mich allein zu betrinken. Ich ließ mich in meinen Sessel sinken, den ich einer Familie aus Genua bei ihrem Auszug aus der Mietskaserne abgekauft hatte, die Flasche in der Hand, neben mir auf dem Boden wie ein treuer Hund der Tabak. Es wurde die längste Nacht meines Lebens. Die Januarhitze war ein Dämon, der mich mit seinem Pestatem anhauchte, und während die Stimmen der Menschen auf der Straße hoch zu meinem offenen Fenster drangen, hätte ich jeden umbringen können, der dachte, es gäbe auf dieser Welt auch nur einen Grund zum Lachen. Noch nie war mir die Welt so widerlich, so ärmlich, so hässlich vorgekommen. Ich schloss die Augen und sah Natalias unerreichbare weiße Gestalt, eine einsame Lilie auf einer Müllhalde. Der Alkohol in meinem Blut war wie ein Feuer, das mich von innen verzehrte, und kein Ozean hätte es löschen können.

Ich stellte mir ihren nackten, bebenden Körper vor, zerquetscht unter dem Gewicht dieses Hünen, der mit seinen Pranken über ihre seidige weiße Haut fuhr, und ich empfand Abscheu, Hass, Ohnmacht. Vor allem Ohnmacht. Was konnte ich tun? Was konnte ich, ein Niemand, der ihr nichts bedeutete, schon tun? Hätte sie mir wenigstens ein Zeichen gegeben oder mir gesagt, dass sie nicht heiraten will, und mich angefleht, ich solle sie befreien, ich hätte mich mit meinem

Messer, mit dem ich schon als kleiner Junge in der Mietskaserne umzugehen gelernt hatte, gegen die ganze Welt gestellt.

Aber sie hatte nichts gesagt, und meine Liebe gab mir zu nichts ein Recht, außer zu verbrennen, langsam, allein; zu verbrennen beim Gedanken an sie und an das, was hätte sein können.

Der Morgen traf mich im Hof unter dem Baum mit den gelben Blüten, in ein Laken gewickelt, das ich aus der Kommode genommen hatte. Tränen liefen mir über die Wangen, jedes Mal, wenn ich das Stechen zwischen den Beinen spürte und die brennende, geschwollene Stelle, die wie ein Herz klopfte.

Ich ekelte mich vor mir selbst. Obwohl ich mich immer und immer wieder mit kaltem Wasser gewaschen hatte, möglichst leise, um Rojo und Papa nicht zu wecken, ekelte es mich, weil mein Körper nicht mehr mir gehörte, weil mich meine Dummheit und mein kindischer Hochmut zu diesem Morgen geführt hatten, in jene Ecke des Hofs in einem Haus, das nicht meines war und es auch niemals sein würde, weit weg von meinem Land, das auf der anderen Seite des Ozeans lag.

Jetzt war ich eine Frau. Jetzt hatte ich, was ich immer gewollt hatte: ein Haus, eine Hochzeit, einen Mann. Was nun? Zusehen, wie die Jahre vergehen, Kinder bekommen, alt werden, sterben? Vielleicht starb ich auch vorher vor Kummer in diesem fremden Land, in dem ich mich von Anfang an verloren gefühlt

hatte und wo ich nun auch noch an einen Mann gebunden war, den ich nicht wollte. Welche Aussichten
hatte ich als verheiratete Frau? Was sollte ich mit mir
anfangen, während Rojo auf See war und ich mit
Papa zu Hause saß und auf seine Rückkehr wartete?
Warten? Sollte ich warten, dass er nach Wochen oder
Monaten zurückkam, um mir wieder das Gleiche an-
zutun wie vorhin?

Zuerst war er sehr nett, sehr zärtlich gewesen; er
hatte mich so liebevoll in den Armen gewiegt wie
mein Vater und mir übers Haar und die Wangen gestrichen und immer wieder ganz leise meinen Namen
gesagt, »Natalia, Natalia«, wie ein Gebet. Ich fragte
ihn, wie ich ihn nennen solle, und er sagte, Rojo oder
Berstein, es sei ihm egal.

»Aber du hast doch einen Namen, oder nicht?
Einen Namen, den dir der Pfarrer gegeben hat, mit
dem deine Mutter dich als Kind gerufen hat.«

»Ja«, antwortete er, »aber ich schäme mich für
ihn.«

»Sag schon, komm. Es ist doch eh ein deutscher
Name, den ich nicht aussprechen kann.«

Er flüsterte ihn mir ins Ohr: »Heini. Mein Tauf-
name ist Heinrich, aber ich war bei allen der Heini, bis
ich zur See ging.«

»Und wie heißt das auf Spanisch?«

»Enrique.«

»Das ist doch gar nicht schlecht.«

»Im Deutschen bedeutet Heini auch dumm, ein-
fältig, verstehst du? Hier bin ich Rojo. Auch für dich.«

79

Dann hörte er auf zu reden und streichelte mich weiter, aber er begnügte sich nicht mehr damit, mir über die Haare und das Gesicht zu fahren. Als sei ihm plötzlich bewusst geworden, dass er mein Mann war, dass ich ihm gehörte, und als sollte auch ich das endlich begreifen.

Er drehte mich um und presste mich gegen die Matratze, er küsste mich auf den Mund und schob mir seine Zunge zwischen die Zähne, die nach Bier und Zigarre schmeckte und einen Brechreiz in mir auslöste.

Der Himmel färbte sich rosa, doch im Hof war es noch dunkel. Ich hörte einen Hahn krähen und fing an zu weinen. Es war mein Geburtstag, Opa Francesc hatte mich immer vor dem Frühstück an die Hand genommen, um mit mir allein eine Runde zu drehen, zuerst zur Morgenmesse in die Kathedrale, wo wir zur Kommunion gingen, und hinterher gegenüber der Santa Catalina zu Schmalzkringeln und Kakao, ich in meinem besten Kleid und Sonntagsmantel, er in Gehrock und Zylinder und mit seinem Stock. Anschließend hatte er mich in ein Spielwarengeschäft in der Calle de San Vicente geführt, und ich hatte mir aussuchen dürfen, was ich wollte: eine blonde Puppe, einen Globus, eine Schachtel mit Marionetten…

An meinem letzten Geburtstag, bevor er starb, bot er mir nach dem Frühstück den Arm, und auf dem Weg zu dem Spielwarengeschäft bog er auf einmal in eine andere Straße ein, blieb vor einem Juwelier stehen und hielt mir die Tür auf.

»Du bist schon eine junge Dame, Natalia«, sagte er. »Über das Alter für Spielsachen bist du doch hinaus.«

Er kaufte mir einen Ring, das erste Schmuckstück in meinem Leben. Das einzige.

Jetzt wurde ich zwanzig, und mein Geschenk war dieser Schmerz zwischen den Beinen und noch ein anderer, viel tieferer: das Wissen, dass ich mich geirrt hatte und dass ich mit diesem Irrtum nun für immer leben musste.

Als ich bemerkte, dass jemand im Hof war, war es schon zu spät. Derjenige musste mich weinen gehört haben. Ich kauerte mich, von oben bis unten in das Laken gewickelt, in den Schaukelstuhl und bangte, dass es Rojo war.

Es war mein Vater.

Er nahm mich ratlos in die Arme. Dann half er mir aufzustehen, wischte mir mit dem Handrücken die Tränen ab, setzte sich in den Schaukelstuhl und nahm mich in die Arme, so wie er es getan hatte, als ich klein gewesen war und er mir Schlaflieder vorgesungen hatte. Und dann flüsterte er mir auf Valenzianisch, das er nie hatte lernen wollen, ins Ohr: »Weine nicht, meine kleine Perle, weine nicht mehr.«

Meine kleine Perle. So hatte mich Mama immer genannt.

Drei

Ich lernte ihn bei der Milonga kennen, im November, an einem Samstag nach Mitternacht. Die Straßen waren dunkel und wie ausgestorben, und der Schnee auf Autos und Dächern verlieh der Stadt einen unwirklichen Zauber, wie ich es in Mitteleuropa schon oft auf dem Rückweg vom Theater oder Konzertsaal erlebt hatte, wenn ich mich nur rasch im Hotel umziehen und die Tanzschuhe holen ging, um mich noch einmal ins Nachtleben zu stürzen und mein wahres Ich auszuleben. Mein nächtliches Ich, von dem meine Kollegen nichts wussten, da sie mich für spröde hielten und für eine ihre Verantwortung allzu ernst nehmende Konzertmeisterin.

Auf dem Weg überlegte ich, wie es sein konnte, dass eine Frau meines Alters blind ihrer Tangoleidenschaft folgte, statt sich im Hotel auszuruhen, um beim nächsten Tourneekonzert in Salzburg frisch zu sein, doch mein anderes Ich trieb meine Füße einfach immer weiter über den weißen Teppich des Gehwegs voran und fragte mich mit einem Fünkchen Selbstironie, was ich wohl in Landsberg in einer eisigen Samstagnacht um zwölf zu finden gedachte.

Außer Atem, mit Schnee auf den Schultern und roter Nase traf ich beim Theater ein. Bevor ich die Tür öffnete, verbannte ich alle Erwartungen aus meinem Kopf, um nicht wie schon so oft enttäuscht zu sein: von einem tristen Saal, den überzähligen Frauen, die mit gespielter Verachtung an der Bar lehnten und jede Frau ohne Partner mit böswilligem Blick empfingen; schließlich kam damit eine mehr auf die wenigen Männer, die sie alle nacheinander auf die Tanzfläche führten und ihnen für ein paar Minuten das süße Gefühl gaben, sich den Armen eines Fremden hinzugeben.

Die mir entgegenschlagende Wärme machte mich kurz benommen, wie eine Welle, die einen überrascht und ins Taumeln bringt. Lediglich zwei Frauen saßen an einem kleinen Tisch und unterhielten sich, und auf der Tanzfläche im Foyer des Stadttheaters, das mithilfe etlicher roter Friedhofskerzen zur Milonga umfunktioniert worden war, tanzten sieben oder acht Paare mit geschlossenen Augen.

Während sich meine Augen an das schummrige Licht gewöhnten, zog ich mir den Mantel aus, und schon beim Schließen der Fesselriemchen setzte dieses prickelnde Gefühl ein, das mir sagte, dass mich jemand ansah. Ich blickte auf, und dort auf der Treppe stand er, wie aus einer alten Illustration: schwarze Hose, Weste mit silberner Uhrenkette, weißes Hemd, Halstuch, zurückgeschobener Hut und dieser glühende Blick.

In meinen Tangoträumen war er genauso. Wäre ich eine Frau aus dem letzten Jahrhundert in irgendeiner Kaschemme in La Boca gewesen, wäre ich verrückt gewesen nach diesem Mann, denn die Geschichten, die ich mir selbst in den Hotelnächten erzählte, waren durchwoben von den Tangotexten, die ich fast auswendig konnte; sie erzählten von Zurückgewiesenen und Verlassenen, von feurigen und tragischen Liebesgeschichten, von rauch- und alkoholschweren Nächten, durchdrungen vom süßen Schmerz des Bandoneons. Aber ich war eine Frau aus dem einundzwanzigsten Jahrhundert und konnte zwischen Leben und Traum unterscheiden, zwischen den Geschichten meiner einsamen Nächte und der Realität eines verschneiten Städtchens. So billig war ich nicht zu bekommen, mit einem intensiven Blick, einer gut sitzenden Weste und einer schlanken Tänzerfigur. Doch wer weiß, vielleicht war auch er nur jemand, der seinen nächtlichen Traum ausleben wollte, bevor mit dem morgendlichen Blick in den Spiegel wieder alles verpuffen würde.

Ich wollte schon zu ihm gehen und einen Witz über seine Verkleidung als Tango-Original fallen lassen, aber jemand hatte eine andere Musik aufgelegt, und Gardels matte Stimme sang die ersten Verse von *Volver*, und als ich ihn nun mit seinem federnden, herausfordernden Schritt auf mich zugehen sah, verging mir die Laune für Scherze. Seine grünen Augen funkelten mich durch seine dunklen Wimpern an. Kein Wort, noch nicht einmal ein Lächeln. Er blieb, gespannt und biegsam wie eine Gerte, vor mir stehen und wartete ab.

Ich legte die Zigarette, die ich gerade hatte anzünden wollen, auf den Tisch und ging ihm voran auf die

Tanzfläche, verfolgt von einem undefinierbaren Geruch aus altmodischem Kölnischwasser und schwarzem Tabak und einer Wärme im Rücken, bei der mich ein Schauder durchfuhr.

Ich hatte schon mit üblen Typen getanzt, mit Machos der alten Schule, mit Berufsargentiniern, die einem mit übertriebenem sprachlichen Akzent einreden wollen, man habe das Authentische gefunden, das, wonach man als alleinstehende, tangovernarrte Frau immer gesucht habe, und als ich mich zu ihm umdrehte, damit er mich umarmte, rechnete ich damit, dass er mich raunend nach meinem Namen fragte, woher ich käme und was eine Frau wie ich an einem solchen Ort wolle.

Er sagte kein Wort. Er legte mir die Hand auf den Rücken, und die Musik hüllte uns ein wie ein seidenes Tuch. Kurz spürte ich seinen Atem auf meiner Wange, dann plötzlich gab es den Saal und die Paare um uns herum und selbst den Boden unter uns nicht mehr. Noch nie hatte ich beim Tanzen so eine Leidenschaft gefühlt; meine ganze Erfahrung, meine jahrelange Tanzpraxis, die Workshops in Buenos Aires zählten nicht mehr. Ich tanzte wie in Trance, ich flog und tauchte ab und folgte wie ein Nachtfalter seinem Licht. Mein Körper bewegte sich geschmeidig in seinen Armen und folgte seinen Wünschen, noch ehe sie mir bewusst wurden. Ich war wie in einer anderen Welt, als wäre ich tot und lebendig zugleich, und ich wünschte, dass es nie aufhörte, dass dieser seelige Zustand nie abbrechen würde.

Ich weiß nicht, ob ich die Augen schloss. Ich erinnere mich, wie sich der Stoff seiner Weste anfühlte, das Muskelspiel seiner Schultern, seine warme Hand an meinem Rücken. Ich weiß nicht, ob es Stunden oder Minuten oder Jahrhunderte waren. Ich weiß, dass er irgendwann den Hut abnahm und ich seine schwarzen, von der Brillantine wie lackierten Haare sah, sein gegerbtes junges Gesicht, die tiefen senkrechten Falten an den Wangen, Messerschnitten gleich, seine Augen, aus denen eine Leidenschaft sprach, wie ich sie noch nie erlebt hatte und nie wieder erleben würde.

Wir tanzten. Wir tanzten zur Musik und zu den Geschichten, die ich mir immer wieder erzählt hatte, und zu den Erinnerungen an eine verlorene Zeit, die ich nie kennengelernt hatte. Wir tanzten und durchlebten Sehnsucht und Schmerz und Verrücktheit, und die ganze Zeit fiel kein Wort außer den Texten der Musik. Was hätten wir uns sagen sollen? Was haben sich zwei Menschen zu sagen, die zum Reden keine Worte brauchen? Sollte ich ihm von meinem Nomadendasein erzählen, von den Hotels und den Verträgen und dem Neid unter Kollegen? Sollte er mir von seinem Heimweh erzählen, von seinem schlecht bezahlten Job in irgendeiner Tanzschule, von den Europäerinnen, die in ihm den feurigen Latin Lover und Abwechslung aus ihrem bequemen Alltag suchten, bis sie vor sich selbst erschraken und ihn wieder fallen ließen?

Bei den ersten Takten einer fröhlichen, spielerischen Milonga kam ein Rosenverkäufer auf uns zu, ein junger Afrikaner mit einem strahlenden Lächeln, und mein Tanzpartner hob spontan die Hand. Kurz trat eine seltsame Grimasse auf sein Gesicht, dann legte er die Hand wieder auf meinen Rücken, während der junge Mann eine Rose herauszog und sie uns hinhielt, froh, endlich, nach so vielen Lokalen, höflichen Absagen und ausweichenden Blicken eine Blume zu verkaufen. Er schüttelte den Kopf, als täte es ihm leid, den Afrikaner enttäuschen zu müssen, doch dann, noch bevor der Afrikaner etwas begriff, nahm er die Uhr ab und reichte sie ihm zum Tausch gegen die Blume. Lächelnd reichte der Afrikaner ihm die Rose, doch er nahm den Tausch nicht an, sondern schlug ihm auf die Schulter, murmelte etwas, das ich nicht verstand, und ging zwischen den Tischen fort.

Mein Tänzer brach die Blüte ab und steckte sie mir ins Haar, betrachtete mich dabei so stolz, als wäre ich sein Eigen und als schmücke er mich für ein Fest. Aus irgendeinem Grund zog ich mein Taschentuch aus dem Ausschnitt und hielt es ihm an die Lippen. Er küsste es und lächelte zum ersten Mal an diesem Abend, dann steckte er es sich, den Spitzensaum deutlich sichtbar auf dem schwarzen Tuch, als Pfand in die Westentasche.

Selbst wenn es vielleicht nur ein paar Sekunden waren, prägte sich mir die Szene so sehr ein, dass sie, sobald ich die Augen schloss, wie ein Schwarz-Weiß-Film vor mir ablief; nur die Rose war rot. Dann riss uns die Milonga wieder mit sich und noch ein Tango und später einige Stücke von Pugliese, *Yuyo verde, Farol, Recuerdo.*Vor allem *Recuerdo*, was so viel wie »Erinnerung« bedeutet, schien ihm besonders nahezugehen, als entsann er sich bei dem Stück an einen lang zurückliegenden Schmerz.

Irgendwann leerte sich der Saal, und ich klammerte mich an ihn, als drohe er sich in Luft aufzulösen. Die Zeit war um. Die Paare trennten sich und verabschiedeten sich von ihren Bekannten, andere bliesen die Kerzen aus und sammelten die CDs ein. Zum Ausklang der Musik klirrten letzte Gläser, es wurden Pläne für Sonntagnachmittag gemacht oder man lud zum Frühstück ein. Die Zeit entglitt mir zwischen den Fingern wie eine zerrissene Perlenkette, ich hätte sie am liebsten aufgehalten, denn gegenüber der Welt, aus der wir kamen, konnte die uns erwartende Wirklichkeit nur schäbig sein: der Schnee und die Kälte, die Worte, mit denen wir uns verabschiedeten oder besprachen, gemeinsam zu meinem Hotel zu gehen, mit denen wir Adressen austauschten oder ein Wiedersehen verabredeten – wo wohnst du, hast du ein Auto, was meinst du? Ich wollte tanzen, ich wollte, dass diese Nacht niemals zu Ende ging, dass er kein Liebhaber sein, sondern immer der Unbekannte bleiben würde, der mir gezeigt hatte, dass die Leidenschaft des Tangos etwas anderes ist als das, was ich bislang dafür gehalten hatte.

Die Musik endete, und wir lösten uns nur widerstrebend voneinander, als hätte die kurze Zeit uns bereits unzertrennlich gemacht. Ich schaute auf meine

Schuhe und richtete anschließend den Blick durchs Fenster nach draußen. Dann beugte ich mich verlegen zu dem Stuhl hinab, unter den ich meine Stiefel gestellt hatte, und er ging zurück zu dem Tisch, um seinen Hut zu holen.

Ich sah, wie er ihn sich langsam aufsetzte und die Krempe über das linke Auge zog, und noch einmal sandte er mir einen langen, vielsagenden Blick, bevor er im Dunkeln verschwand.

Ich schnürte mir die Stiefel so langsam wie möglich, weil er beim Verlassen des Lokals an mir vorbeikommen musste, aber er ließ sich nicht mehr blicken, während ich mir die Stiefel zuband, den Mantel anzog, mir die kleine Handtasche wieder umhängte, die ich die ganze Zeit beim Tanzen bei mir gehabt hatte, und mir eine Zigarette anzündete.

Ein Mann mittleren Alters, wahrscheinlich der Veranstalter der Milonga, trat auf mich zu, um mich darauf hinzuweisen, dass sie nun schließen müssten, es sei fast vier Uhr morgens, und er hoffe, die Musik und die Räumlichkeiten hätten mich nicht enttäuscht. Ich bedankte mich, traute mich aber nicht zu fragen, ob es einen Hinterausgang gab oder ob er vor dem Zuschließen noch einmal in den Toiletten nachsah, sicherheitshalber, falls noch jemand da war.

Eine Minute darauf stand ich auf der Straße, im Schnee die Spuren der Paare, die vor mir das Lokal verlassen hatten. Ich trat von einem Fuß auf den anderen und ärgerte mich über mich selbst, dass ich ihn nicht angesprochen hatte, sondern nun, ohne dass ein verbindliches Wort gefallen war, wie ein herrenloser Hund auf ihn wartete. Ich zündete mir eine weitere Zigarette an und rauchte, und danach, während mir trotz Mantel allmählich kalt wurde, drehte ich die Rosenknospe in der Hand, die er mir ins Haar gesteckt hatte. Ich hatte weder seinen Namen noch seine Adresse noch den geringsten Anhaltspunkt, wie ich ihn wiedersehen konnte, wenn ich ihn jetzt verlor.

Ich wartete fast eine halbe Stunde, längst wissend, dass er nicht mehr kommen würde, dass es sich unmöglich einfach um ein Missverständnis halten konnte. Als ich durch die Glastür nach einem Lichtschein suchend in den dahinter liegenden Raum spähte, fiel mein Blick auf die Plakate. Auf einem war die nächste Milonga angekündigt, für einen Samstag kurz vor Weihnachten, an dem ich in London sein würde.

Ich ging langsam zurück ins Hotel, schwebend nach dem unglaublich schönen Erlebnis und zugleich bedrückt und gedemütigt, weil er mich stehen gelassen hatte. Der Nachtportier überreichte mir eine Nachricht: Der Bus würde uns um Viertel nach sieben abholen, nach dem Frühstück.

Als ich auf meinem Zimmer in den Spiegel sah, dachte ich, dass ich ebenso gut ein Doppelporträt vor mir hätte sehen können, meine helle Haut neben seinem dunklen Teint, meine blonden Haare neben seinen schwarz glänzenden. Ich verscheuchte den Gedanken und leerte meine Handtasche: Lippenstift, Zigaretten und die Karte des Hotels purzelten heraus.

Dann zog ich das Kleid aus, doch als ich es in den Koffer packen wollte, bemerkte ich, dass etwas auf den Boden gefallen war. Ein vergilbtes Visitenkärtchen, auf dem in altmodischer Typografie »Diego Monteleone« stand. Darunter eine Adresse in Buenos Aires, die durchgestrichen war, und mit Bleistift in kleiner Männerschrift, wie meine Grundschullehrerin gesagt hätte, eine andere Adresse im La-Boca-Viertel.

Mehr als drei Monate dauerte es, bis ich aus meinen Verträgen herauskam und nach Argentinien fliegen konnte. Niemand wunderte sich, dass ich ein paar Tage Urlaub nahm, abgesehen davon kümmerte es mich schon seit Wochen nicht mehr, was meine Kollegen von mir dachten. Ich hatte eine Verabredung mit Diego, und nur das zählte.

Nachdem ich meine Sachen ins Hotel gebracht hatte, fuhr ich gleich mit dem Taxi zu der Adresse. Über eine Stunde brauchten wir von der Calle Florida bis La Boca, die unzähligen Straßen, durch die wir fuhren, wurden immer ärmlicher und leerer, bis wir in ein Viertel kamen, das nur Touristen malerisch finden.

Die Hausnummer auf der Visitenkarte gehörte zu einem Häuschen aus verwittertem Holz, dessen Fenster seit vielen Jahren niemand mehr geputzt hatte. Vielleicht war es irgendwann einmal blau gewesen. Der Taxifahrer drehte sich mit besorgtem Gesicht zu mir um: »Wollen Sie wirklich hier aussteigen, Señora?«

Ich bat ihn zu warten und verließ das Taxi. Ein strammer Wind wehte fauligen Geruch vom Hafen her und trieb allerlei Abfälle, Papierchen und trockene Blätter vor sich her, die an meinen Füßen hängen blieben. Ich klopfte mehrmals an, aber nichts regte sich, das Haus schien verlassen.

»Gibt es hier in der Nähe ein Tangolokal?«, fragte ich den Taxifahrer. »Eine bekannte Adresse?«

»Um die Ecke, am Caminito, sind ein paar gute Lokale, aber es ist zu früh; Sie müssen noch ein paar Stunden warten.«

Ich bat ihn um eine Telefonnummer, damit ich ihn anrufen konnte, und schickte ihn fort.

»Wenn Sie nicht wissen, wie Sie die Zeit rumbringen sollen«, sagte er mir noch, »in der Parallelstraße zur Mole hin ist das Quinquela-Martín-Museum. Alle Touristen besuchen es.«

Als sein Taxi zwischen dem vom Wind aufgewirbelten Staub verschwand, fühlte ich mich, als hätte man mich in der Wüste ausgesetzt, doch ich wusste, dass Diego ganz in der Nähe sein musste. Irgendwo polierte er seine Tanzschuhe, strich sich Brillantine in das schwarze Haar und wartete auf die Dunkelheit, auf den Moment, wenn er das Tangolokal betreten und mir begegnen würde.

Beide Lokale waren geschlossen, die Stühle waren hochgestellt, und die leere Theke war eine glänzende Bahn ins Nirgendwo.

Das Museum hatte geöffnet, wirkte aber ziemlich verlassen, wie eine Grabstelle, auf die noch nicht mal mehr jemand Blumen legt. Ich kaufte bei einem tauben und trägen Alten, der in eine Sportzeitung vertieft war, eine Eintrittskarte und stieß in die menschenleeren Säle vor, in denen meine Schritte wie in einem Labyrinth hallten, während mein Blick über die Bilder glitt, die in keiner erkennbaren Ordnung an den in Altrosa, Eitergelb und Leichengrün gestrichenen Wänden hingen.

Ich wollte Quinquelas Werke nicht mehr sehen. Ich wollte raus und Diego treffen oder zurück in mein Hotel, ins Stadtzentrum, in die quirlige Hauptstadt mit ihren Geschäften und Bars.

Ich überlegte, wie ich am schnellsten aus dem Saallabyrinth herauskommen würde, als ich ihn erblickte.

Auf einer galligen Wand zwischen zwei düsteren Schinken blitzten seine grünen Augen unter dem schwarzen Hut hervor und bannten mich mit ihrem feurigen Blick.

Ich ging fast auf Zehenspitzen auf ihn zu, als fürchtete ich, ein schlafendes Kind zu wecken, denn er war es, ich wusste, dass es der Mann war, der mir die Rose geschenkt hatte – ich trug sie seitdem überall mit mir herum –, der mich bei der Milonga in den Armen gehalten hatte, der mich zur Musik hatte fliegen lassen. Doch ich musste Gewissheit haben, denn so etwas gab es in Wirklichkeit nicht; nur in meinen Träumen und in den Geschichten, die ich mir nachts erzählte, existierten Männer in schwarzen Anzügen und mit silbernen Uhren, mit kräftigen Armen und schlanker Figur, die nach altmodischem Kölnischwasser und schwarzem Tabak rochen. Nur in meinen schweren Träumen existierte dieser Mann, der wie ein Gott Tango tanzte und immer wieder mit der Daumenkuppe seine Brusttasche streifte, um sich zu vergewissern, dass das darin steckende Spitzentaschentuch mit meinen rot gestickten Initialen noch da war. Der mich mit stolzen Augen ansah, mich verstand, mich ergründete, weil ich zu ihm gekommen war.

Unten auf dem Rahmen des Ölgemäldes konnte ich auf einem angelaufenen Metallschild entziffern: »*Der Tango ist eine schwärende Wunde.* Unbekannter Künstler. Um 1920.«

Vier

Noch nie war mir im Leben etwas so schwer gefallen wie der Abschied von Natalia nach unserer Hochzeit. Und dabei war mein bisheriges Leben alles andere als leicht gewesen. Eigentlich kam es überhaupt erst in geordnete Bahnen, als ich mich, wie es der Zufall manchmal so will, nach Argentinien einschiffte und, da es mir auf See gefiel, Matrose wurde.

Es war nicht das erste Mal, dass sie zusammen mit den anderen Mädchen oder auch mit ihrem Vater an die Mole kam, um mir Lebewohl zu sagen, aber bisher war Natalia nur meine Verlobte gewesen, ein schönes Mädel, auf das ich trotz aller Versprechen keinen Anspruch hatte. Bei den vielen Rückschlägen, die ich in meinem Leben hatte einstecken müssen, konnte ich nicht recht glauben, dass es nun anders sein sollte, und jedes Mal, wenn ich von Bord der *Estrella del Sur* aus Natalia sah, hielt ich das alles für einen Traum, aus dem ich früher oder später erwachen würde, und dann wäre ich wieder allein und um mich herum nur Männer und Taue und Handelswaren, aber niemand zum Liebhaben, niemand, dem man wichtig ist.

Als ich sie aber an diesem Tag von Deck aus in ihrem himmelblauen Kleid dastehen sah, war ich bereit zu glauben, dass das Glück es doch noch gut mit mir meinte; denn dort an der Mole winkte meine Ehefrau, die von nun an in La Boca auf mich warten, die mir Kinder schenken und im Alter, wenn die Zeit auf dem Meer längst Vergangenheit wäre, an meiner Seite sein würde.

Mein Atem ging schneller, als ich mich an die letzte Nacht erinnerte: an ihren weißen und weichen, im Bett mir dargebotenen Körper; an ihre Scham, ihre Unschuld, ihre duftenden, auf dem Kopfkissen ausgebreiteten Haare, ein dunkles Dickicht wie die Wälder in meinem Land.

Viele Monate ohne sie lagen vor mir und vor allem ohne irgendeine Nachricht von ihr; aber es war nicht ganz so schlimm wie die anderen Male, denn Natalia war für immer mein und ein braves Mädel, das in Buenos Aires auf mich warten würde.

Sorgen bereitete mir die Krankheit meines Schwiegervaters, seit er mir in unserem Gespräch vor der Hochzeit offenbart hatte, dass er nicht mehr lange zu leben, Natalia aber nichts davon erzählt hatte, um sie nicht zu belasten. Und dann hatte er mir gestanden, dass alle seine Ersparnisse in unsere Hochzeit geflossen waren und er also nichts mehr besaß, und schließlich stellte er mir sogar frei, unter diesen neuen Bedingungen meinen Heiratsantrag zurückzuziehen. Aber wir Seeleute aus La Boca waren wie eine große Familie, und ich war überzeugt, dass Natalia, sollte das Schlimmste eintreten, bis zu meiner Rückkehr gut aufgehoben war, und von meinem Lohn konnte sie anständig leben. Ich hatte kaum Ausgaben und war bereit, auf die kleinen Extras zu verzichten, die ich mir als Junggeselle hin und wieder gegönnt hatte, denn sie sollte alles haben, was sie brauchte.

Dennoch zerriss es mir das Herz, als ich von der *Estrella* aus ihre Gestalt immer kleiner werden sah; ich dachte an ihren kranken Vater und daran, dass ich gar keine Zeit gehabt hatte, sie wirklich zu meiner Frau zu machen, außer das eine Mal in unserer Hochzeitsnacht.

In schwachen Momenten schwirrten mir immer wieder diese Tangolieder durch den Kopf, die so sehr in Mode waren; die verruchten Geschichten von Verrat und gekränkter Ehre, von anständigen Frauen, die die Armut leid waren und ihre Jugend nicht länger in Mietskasernen und Elendsvierteln vergeuden wollten und sich dem Erstbesten hingaben, der Geld hatte und sie mit einem Automobil ausfuhr. Marco sang jeden Abend diese Lieder und begleitete sich selbst auf der Gitarre, und einmal musste ich ihn mehrmals knuffen, damit er aufhörte.

Sie erinnerten mich natürlich an diesen Kerl, der auf der Hochzeit mit Natalia getanzt hatte, und mir geriet das Blut in Wallung. Ich hatte sie um des lieben Friedens willen gelassen und vor meinem Schwiegervater und den Gästen auch keine Szene machen wollen, indem ich meiner Frau diesen Auftritt verbot.

Auf einer Hochzeit wird eben getanzt, und ich wollte Natalia auch nicht die Freude nehmen, vor ihrem Vater und allen Nachbarn ein paar gemäßigte Tangos zu tanzen. Aber die Art, wie dieser geschniegelte Ganove meine Frau angesehen hatte, war mir zuwider gewesen, und unwillkürlich dachte ich an funkelnde Messer im Laternenlicht.

Wenn ich im Mondschein auf hoher See, umringt von Männern, solche Lieder hörte, traf mich die Schmach mit aller Wucht, raubte mir den Schlaf oder stürzte mich in Albträume, in denen Natalia mit kurzem, engem Rock und Zigarette in der Hand unter den lüsternen Blicken der befrackten und Fliege tragenden Kabarettbesucher Tango tanzte. Nach so einer Nacht war ich galliger Laune und hätte am liebsten jedem in die Fresse geschlagen. Manchmal tat ich das auch. Meine Männer wischten sich schweigend das Blut von der Nase, spuckten über Bord und mieden meinen Blick. Ich konnte mich dann selbst nicht leiden und verzog mich jedes Mal für ein paar Stunden, bis sich meine Wut gelegt und ich mich davon überzeugt hatte, dass an diesen Träumen nur meine Eifersucht und die lange Trennung schuld waren. Ich rief mir in Erinnerung, wie ich sie kennengelernt hatte, mit siebzehn, sie und ihr Vater waren zum ersten Mal auf einem Schiff gewesen, und während ich an ihre dunklen Augen und ihre anmutige Figur dachte, beruhigte sich das wilde Tier in mir allmählich, aber es brauchte nur irgendeine Nichtigkeit, schon sah ich wieder rot.

Wäre ich nur des Schreibens mächtig gewesen, dann hätte ich ihr aus allen Häfen Liebesbriefe geschickt, aber ich war nie auf eine Schule gegangen, und der Kapitän war der Einzige auf der *Estrella*, der lesen konnte, gerade gut genug, um die Frachtlisten und Verträge zu verstehen.

Ich wollte mich ihm auch nicht preisgeben. Niemand sollte mich wegen meiner Liebe zu Natalia verachten, denn ein Mann, der sich zum Gespött macht, verliert sein Ansehen, das hatte das Leben mich gelehrt.

Mein Vater war Kesselflicker gewesen, wir waren meine ganze Kindheit lang von Dorf zu Dorf und von Stadt zu Stadt gezogen, um Töpfe zu reparieren. Von unseren Einnahmen hatten wir gerade so überleben können, und manchmal noch nicht einmal das. Meine Mutter war bei meiner Geburt gestorben, und wir kehrten oft in ihren Heimatort zurück, nach Landsberg, denn die Leute dort waren nett und kannten uns. Meine wenigen schönen Kindheitserinnerungen sind mit dieser kleinen Stadt verbunden, mit ihren farbenfrohen Häusern, ihren alten Türmen und dem anmutigen Fluss, der wie ein gezähmtes Tier zwischen seinen grünen, mit Bäumen bestandenen Ufern dahinströmt.

Wir zogen viele Jahre zwischen Innsbruck und Landsberg umher, es sind die einzigen beiden Städte, die ich noch vor mir habe. Alle anderen verschwimmen mit den Erinnerungen an schlammige Wege, an Schnee, der so hart war, dass ich darauf immer wieder ausrutschte, oder so matschig, dass er meine unzählige Male geflickten Schuhe durchnässte.

Ich hatte nie Zeit, lesen oder irgendetwas anderes zu lernen außer zu überleben, die Fäuste zu benutzen und mit dem Messer umzugehen.

Als mein Vater starb, schloss ich mich italienischen Gauklern an und kam mit ihnen nach Genua. Dort schiffte ich mich nach Argentinien ein, und nach meinen Anfängen als Schiffsjunge schaffte ich es bis zum Maat und sah Häfen und noch mehr Häfen, so wie ich früher, zu Fuß, durch Ortschaften und Dörfer gekommen war, bis mir irgendwann alle gleich vorkamen, wie Pappkulissen mit den dazugehörigen Betrunkenen, Hafenarbeitern, Nutten und Matrosen. Dann war ich Natalia begegnet und hatte beschlossen, ihretwegen ein rechtschaffener Mann zu werden.

Der Sommer war lang und feucht. Nachdem sich die Aufregung um die Hochzeit gelegt hatte, kehrte wieder der Alltag ein, und außer dass ich nun in dem großen Bett schlief, im ehemaligen Zimmer von Papa, hatte sich zu Hause nichts geändert. Wir saßen beim Essen wie früher einander gegenüber, aber manchmal schien das Besteck etwas schwerer in der Hand zu liegen, und wenn wir uns ansahen, trat neuerdings ein unbehagliches Schweigen zwischen uns, als sei Papa plötzlich unsicher, wie er mich behandeln soll. In solchen Augenblicken dachte ich, dass es fast besser wäre, Rojo wäre nicht Seemann gewesen und hätte jeden Tag beim Mittag- und Abendessen mit uns am Tisch gesessen, damit wir alle, auch ich, uns daran gewöhnten, dass wir nun zu dritt waren. Aber meistens war ich froh, dass Berstein nicht da war, und wünschte mir brennend, seine Seereise würde Wochen und

Monate dauern, bis mich nur noch der Ring an meinem Finger an ihn erinnern würde.

Auch die Leute im Viertel behandelten mich anders; der Unterschied war nicht groß, trotzdem bemerkte ich ihn und wunderte mich, dass die eine nun schon Wochen zurückliegende Schreckensnacht mit Rojo solche Veränderungen bewirkt hatte, diesen leichten Respekt, die wohlwollenden Blicke, als wäre ich ein Obstbaum oder eine Kuh, die sich gut entwickelt und auf die man Erwartungen setzen kann.

Die Italienerinnen hatten versucht, mir etwas über die Hochzeitsnacht zu entlocken, aber ich hatte mich bedeckt gehalten und mich lieber mit einem geheimnisvollen Lächeln und der Betonung, wie wichtig die Überraschung sei, interessant gemacht.

Von Diego hatte ich nichts mehr erfahren, meine vorsichtigen Erkundungen hatten nur ergeben, dass ihn anscheinend niemand mehr im Viertel gesehen hatte. Immerhin hatte ich herausgebracht, dass er für die Zeitung schrieb und abends in Theatern und Cafés tanzte und dass er gerade große Probleme mit seiner Tanzpartnerin hatte und erwog, sich eine neue zu suchen. Das hatte ich in Uxíos Kneipe aufgeschnappt, von denselben Musikanten, die am Abend vor der Hochzeit die Serenade gegeben hatten. Während ich darauf wartete, dass der Schankwirt die Rotweinflasche auffüllte, stand ich mit dem Rücken zu dem Kartentisch der Musiker und spitzte die Ohren, als der Name »Diego« fiel.

Mein Leben ging genauso weiter wie bisher, und trotzdem war da etwas, das mich beunruhigte. Nachts, wenn Papa schon schlief, zog es mich oft hinaus in den Hof, denn im Haus, wo ich mich früher so geborgen gefühlt hatte, fiel mir die Decke auf den Kopf.

In diesen Nächten, in denen ich in dem blühenden Innenhof auf und ab ging, träumte ich, ich wäre ein Falke wie im Märchen und flöge, trunken von Freiheit, über die schlafende Stadt und würde die Tangomusik hören, die aus den Cafés, den Tanzsalons, Konfiserien, Theatern drang... Ganz Buenos Aires schwelgte im Tango, nur ich war allein und umarmte mich selbst im dunklen Hof.

Seit ich an meinem Hochzeitstag mit diesem Mann getanzt hatte, fand ich keine Ruhe mehr. Wie eine Schlingpflanze hatte sich die Erinnerung daran an meinem Herzen festgesetzt und wucherte seitdem immer weiter, sodass ich fürchten musste, dass das soeben erst errichtete Fundament meines Lebens Risse bekam.

Manchmal dachte ich, dass ich vielleicht doch nicht das artige Mädchen war, für das ich mich immer gehalten hatte. Jedenfalls war es mir im Haus eng geworden, und ich fühlte mich, als hätte mir jemand eine Harpune in die Brust geschossen und würde mich an irgendeinen Ort des Verderbens schleppen.

Und Rojo, der es hätte verhindern können, kam und kam nicht. Rojo kam nicht, Papa hustete und spuckte Blut, und ich hatte Diego nicht wiedergesehen.

»Verknallt«, hatte Doña Melina gesagt, »so eine kleine Verliebtheit geht vorbei.« Von wegen, sie dauerte nun schon drei Monate und zehrte mich aus wie eine Krankheit, wie ein Feuer, das mich allmählich von innen auffraß, ohne dass irgendwer es bemerkte.

»Sie vermisst ihren Mann«, sagten die Italienerinnen, als den Leuten auf dem Markt meine Blässe und meine Augenringe auffielen und man schon über eine mögliche Schwangerschaft munkelte. Aber ich wusste, dass weder das eine noch das andere zutraf, und wich ihnen einfach aus; sollten die Weiber doch denken, was sie wollten.

Der Sommer kam mir ewig vor. Nachts betäubte ich mich mit Tanzen, doch Griselas Körper wog immer weniger und verflüchtigte sich zwischen meinen Fingern, zart und zerbrechlich wie der eines Spatzen. Voller Bitterkeit und Verzweiflung stürzte ich mich in den Tango und träumte davon, Natalia wäre meine Partnerin, die Augen verschließend vor der Realität, die mich in dem Café in der Calle Maipú umgab: Griselas trübem Blick, den blauen Flecken überall auf ihrem Körper, die falsche Fröhlichkeit der Jungmännerrunden, die in einer Nacht auf den Putz hauten, was Grisela und ich in unserem ganzen Leben nicht verdienen würden, die Salzstreuer voller Kokain auf den Marmortheken, die als Frauen gekleideten Kellner... Buenos Aires, die große kosmopolitische Metropole, die europäischste aller amerikanischen

Städte, bleckte mich an, und mit dem Hut im Nacken und dem Messer in der Hand schlug ich mich durch diese Hölle, ausgeschlossen aus dem Paradies in der Calle Necochea. Ich ging so wenig wie möglich nach La Boca und nur spätnachts, um Natalia gar nicht erst zu begegnen.

Von Yuyo wusste ich, dass ihr Vater lungenkrank und zu den Nonnen ins Spanische Krankenhaus eingeliefert worden war und dass Natalia nun allein war und sich mit ein paar Näharbeiten durchschlug, die Yuyo ihr besorgte; der Lohn des Ehemanns reichte gerade für die Medikamente, die den Tod des Alten allerdings nur hinauszögern konnten; er würde also nur etwas länger leiden, während sie völlig verarmte.

Griselas Ende kam an einem Oktobernachmittag. Man brachte mir die Nachricht in die Redaktion, und als ich in der Mietskaserne ankam, hatten sie sie bereits von dem Balken heruntergenommen, an dem sie sich erhängt hatte. Kaum eine Handvoll Leute kamen zu ihrer Beerdigung. Ich kaufte an einem Straßenstand ein paar Blumen und legte sie ihr ins ausgehobene Grab. Sie hätten ihr gefallen, dachte ich und war beschämt, dass ich zu ihren Lebzeiten nie auf die Idee gekommen war, ihr welche zu schenken.

Ich hatte keine Tanzpartnerin mehr und zog wie zahllose andere Tangotänzer durch die Cafés und Kabaretts des Viertels; meine ruhmreichen Träume, eines Tages in den Theatern Europas zu tanzen, rückten immer mehr in die Ferne und mit ihnen die Vorstellung, dass es auf der Welt überhaupt so etwas wie Glück gab.

106

Und während in Buenos Aires der Lärm und die Straßenbahnen immer mehr wurden und schon von einer zweiten Metrolinie wie in Paris die Rede war, während sich die Frauen die Haare kurz schnitten und die Rocksäume nach oben wanderten, versumpfte ich in den Stadtteilcafés, fiel zwischen Bordellen und Billardtischen in mein ehemaliges Ganovendasein zurück und war, obwohl noch keine fünfundzwanzig, schon verlebt.

»Papa ist tot. Papa ist tot.« Wie ein Gebet murmelte ich immer wieder leise diese Worte vor mich hin, um mir begreiflich zu machen, dass es stimmte, als genügte der Sarg mit den vier gelben Stumpenkerzen nicht, der mitten im Wohnzimmer aufgebaut war, als genügte es nicht, ihn da liegen zu sehen, seine von Stunde zu Stunde schärfer hervortretenden Gesichtszüge, seine immer kälter und durchscheinender werdende Haut, die darin liegende unmissverständliche Botschaft, dass er sich mit jeder Sekunde ein wenig weiter entfernte und mich allein ließ mit meinem Mann, der nicht da war und den ich kaum kannte, und dem leeren Haus.

Durch den Flur hörte ich die gedämpften Stimmen der Nachbarn, die vor der Tür standen und rauchten; die Nachbarinnen saßen um mich herum auf niedrigen Stühlen, die sie von zu Hause mitgebracht hatten, und murmelten Gebete, und hin und wieder kam eine zu mir und hauchte mir ein Beileid zu, das ich kaum wahrnahm.

In der drückenden Hitze der überall im Raum aufgestellten Kerzen wurde mir schwindlig, die Luft war geschwängert von Trauer und Armut, von der Ausweglosigkeit am Ende eines engen, dunklen Tunnels.

Ich wollte schreiend auf die Straße rennen, mir die Kleider vom Leib reißen und mich nackt in den Fluss stürzen, damit der Ozean, über den ich in diese fremde Stadt gekommen war, mich aufnahm und mich von allem Schmerz und Elend reinwusch und mich endlich zurückbrachte in das ferne Land, das ich nie hätte verlassen sollen. Aber ich konnte nicht. Ich konnte nichts anderes tun, als zu bleiben und zu spüren, wie mir die Tränen über die Wangen liefen, und wollte nur eines, dass niemand mich weinen hörte.

Irgendwann in dieser endlos langen Nacht kam Doña Melina zu mir, eine dunkle, gebrochene Frau, seit ihre einzige Tochter María Esther bei der Niederkunft zusammen mit dem Kind gestorben war. Sie umarmte mich so fest, dass sich mir ihr Rosenkranz, den sie um den Hals hängen hatte, in die Brust drückte, und ich weiß noch, dass ich trotz Schmerz und Verzweiflung so etwas wie Scham fühlte, weil María Esther tot war und ich noch lebte. Nachdem sie mich wieder losgelassen hatte, streichelte sie mir noch einmal zärtlich die Wange, und einen Moment darauf war sie wie ein Gespenst verschwunden. Wir hatten kein Wort gewechselt.

Um drei Uhr in der Nacht waren fast alle gegangen, nachdem sie versprochen hatten, am Morgen wiederzukommen, um den Sarg in die Kirche zu tragen.

Zwei Alte, die ich nicht kannte, dösten auf den Strohstühlen, während die Kerzen allmählich herunterbrannten, bis ihre Flammen in ihrem eigenen Wachs erstickten und nach einem letzten Aufglimmen erloschen. Wie in der Kathedrale in Valencia, wenn der Messdiener am Ende der Andacht die Kerzen löschte und die letzten Betschwestern verscheuchte, bevor er die Türen abschloss.

Ich stand auf und fühlte mich ganz leicht und entrückt, als wäre ich die Tote, und lief durch den dunklen Flur, um an der einen Spaltbreit offenen Tür Luft zu schnappen. Ein sanfter, gleichmäßiger Regen fiel, als nähme er sich alle Zeit, die Welt zu überschwemmen.

Während ich dem Regen zusah, dachte ich auf einmal – vielmehr dachte das eine andere in mir –, dass es auf der ganzen Welt niemanden mehr gab, dem mein Leben etwas wert war, und für einen Moment blitzte in mir etwas auf, für das ich keine Umschreibung wusste: eine Art Erleichterung darüber, dass nun niemand mehr etwas von mir erwartete. An Rojo dachte ich nicht einmal.

Ich hörte, wie sich auf der Straße jemand räusperte. Es war Yuyo, der magere Bandoneonspieler, der so etwas wie ein Freund geworden war, seit er mir die Näharbeiten brachte, mit denen ich gehofft hatte Papa retten zu können; die Serenade, bei der er mitgespielt hatte, schien zu einem anderen Leben, zu einem anderen Mädchen zu gehören. Da tauchte hinter ihm, unerwartet wie eine Erscheinung, ein Fremder mit blassem, ernstem Gesicht auf. Der Magen verkrampfte sich mir.

Die beiden Männer nahmen die Hüte ab, und Yuyo sagte das, was ich schon seit Stunden hörte: »Mein Beileid, Natalia. Don Joaquín war ein guter Mann. Wenigstens leidet er jetzt nicht mehr.«

Der andere, es war nicht Diego, sagte nichts. Er nickte und ging hinter Yuyo ins Zimmer.

Mir versagten die Beine, und ich musste mich erst einmal setzen.

Als der Bandoneonspieler mir erzählte, dass Natalias Vater gestorben war, war mein erster Gedanke, zu ihr zu gehen und ihr mein Beileid auszusprechen. Es gab keine bessere Gelegenheit, um sie wiederzusehen. Ich erwog sogar, sie zu fragen, ob sie nicht meine Tanzpartnerin werden wollte, schließlich wusste ich, dass sie Geld brauchte und dass ihr Ehemann noch immer auf See war. Aber das wäre ein Affront gewesen. Sie war eine verheiratete Frau und kein Flittchen aus meinem Milieu, und eine Señora tanzte nicht in der Öffentlichkeit mit einem Mann, der nicht ihr Ehemann war, auch wenn sie das wollte.

Also tat ich mich mit Malena zusammen, einer quirligen Dunkelhaarigen, die die Blicke der Männer auf sich zog, sodass man uns prompt in einem halben Dutzend eleganter Cafés unter Vertrag nahm. Doch ich war beim Tanzen nur körperlich anwesend. Meine Seele, oder das, was nach dem Verlust Natalias von meiner Seele übrig war, schwang sich auf, sobald der Tango erklang, und trug mich weit fort an einen dunklen, duftenden Ort, weich wie Samt, wo sie mich mit verklärtem Blick und einem zarten Lächeln auf den Lippen empfing.

Warum auch immer, ich sah sie in meiner Vorstellung immer gleich: In einem schwarzen Tanzkleid, das Haar mit einem Hornkamm hochgesteckt, lehnte sie wartend in einem Türrahmen, von dem es zur einen Seite in die Milonga ging und zur anderen in einen dunklen Garten. Die Szene war so klar und so lebendig wie eine Kindheitserinnerung, so als würde ich im Geiste etwas wiedererleben, obwohl es nie stattgefunden hatte. Und manchmal ließ ich mich sogar zu dem verlockenden Gedanken hinreißen, dass es vielleicht eine Erinnerung an die Zukunft war, an etwas, das erst noch kommen würde, auch wenn das Leben nichts dergleichen für mich bereitzuhalten schien.

Eines Abends, als im Salón Peracca gerade Pause war, kam ein Mann auf mich zu, der schon den ganzen Abend mit einem Heft in der Hand an einer Säule gelehnt und mich angesehen hatte. Bereits am Abend zuvor im La Puñalada war er mir aufgefallen. Zuerst hielt ich ihn für einen Kollegen aus der Zeitung, aber die Art, wie er uns beim Tanzen zusah, passte nicht recht dazu.

»Señor Monteleone?«, sprach er mich an.

»Richtig.«

»Ich möchte Ihnen ein Angebot machen. Darf ich Sie auf ein Glas einladen?«

Wir gingen an die Bar und musterten uns. Ich war ganz nervös bei dem Gedanken, er könnte ein Agent sein, der uns unter Vertrag nehmen wollte; doch sein entspanntes Lächeln sagte mir, dass jenes Angebot, das er mir unterbreiten wollte, nicht die erhoffte Wende bringen würde.

»Ich heiße Nicanor Urías. Ich bin Maler.«

Wir bestellten zwei Gin, und er musste meine Verdutztheit bemerkt haben, denn er fügte augenblicklich hinzu: »Ich möchte eine Bilderserie über den Tango malen, und Sie sind mir aufgefallen. Daher frage ich Sie, ob Sie mir Modell sitzen wollen. Ich bezahle gut, Sie brauchen nur ein paarmal in mein Atelier zu kommen. Wann immer Sie Zeit haben.«

»Wie viel?«

»Hundert Peso für fünf Sitzungen. Und, falls notwendig, dreißig für jede weitere.«

Dieser Mensch konnte nicht ganz richtig im Kopf sein. Ich zahlte für meine Wohnung fünfundvierzig im Monat. Wenn er kein Betrüger war, hätte ich damit für die nächsten drei Monate meine Miete.

»Warum ich?«

»Weil Sie mir gefallen.« Er bemerkte meine Verwirrung und sagte schnell: »Nicht, was Sie denken! Ich bin nicht… Sie wissen schon. Mir gefällt Ihre Figur, Ihr scharf geschnittenes Gesicht, Ihr Blick, Ihr Ausdruck, verstehen Sie? Ich habe noch nie jemanden gesehen, der den Tango so verkörpert wie Sie.«

»Brauchen Sie nicht auch eine Frau?«, fragte ich und dachte an Natalia, dass sie so einen Geldsegen gut gebrauchen könnte. Sie musste ja nicht erfahren, dass ich dahintersteckte.

»Ich habe schon eine im Auge, aber danke.« Er meinte wohl, dass ich von Malena sprach, denn er sah zu ihr hin, doch sie schien ihm aus irgendeinem Grund nicht zu gefallen. Ich versetzte mich in den Blick des Malers und musste zugeben, dass Malena für die Leute in meinem Viertel wahrscheinlich eine Löwin und für die Spanier ein Rasseweib war, aber dass sie eigentlich nicht den Tango verkörperte, wie er es ausgedrückt hatte. Der Tango, das war Natalia, doch auf einmal wollte ich sie lieber aus der Sache herauslassen.

»Also?«

»Einverstanden.«

Wir reichten uns die Hand, leerten unsere Gläser, und er gab mir seine Adresse. Dann war die Pause um, und ich ging zurück auf die Tanzfläche, obwohl ich innerlich weit weg war.

Als ich nach der Beerdigung aus der Kirche nach Hause kam und die Tür hinter mir zusperrte, fühlte ich mich so schutzlos und so allein, wie ich es nie für möglich gehalten hätte. Ich weiß nicht, wie lange ich geweint habe, auf jeden Fall sehr lange, denn als ich mich wieder fasste, hatte ich Hunger und erinnerte mich nicht mehr, wann ich zum letzten Mal etwas gegessen hatte.

Entgegen allem Selbstmitleid und aller Scham, dass ich so kurz nach Papas Tod so etwas Banales wie

Hunger verspürte, beschloss ich, dass das Leben weitergehen musste. Für diesen Moment hieß das, einen Teller von dem restlichen Gemüseeintopf essen und die Arbeit anpacken, die Yuyo mir gebracht hatte. Trotz allem musste ich weiteratmen und mir das Gesicht waschen und mich nachts schlafen legen, auch wenn das Bett nicht meines war und das Haus für mich allein viel zu groß und beladen mit Erinnerungen an Papa und die zwei kurzen Jahre, die wir hier zusammen gelebt hatten.

Ein Tag glich dem anderen: aufstehen, Brot und Milch kaufen, nähen, nähen, nähen. Manchmal allein, manchmal mit den Italienerinnen, die in meiner Gegenwart lachten und schwatzten, bis sie sich meiner Trauer besannen und den Mund hielten.

Von Rojo erhielt ich keine Nachricht, und eines Tages fiel mir ein, dass ich ihn nie gefragt hatte, ob er lesen und schreiben könne.

Einmal in der Woche holte ich bei der Schifffahrtsgesellschaft den Lohn ab, stellte mich mit den anderen Frauen in die Schlange und ging danach über den Markt nach Hause. In die Kirche ging ich selten, dort waren mir zu viele alleinstehende Frauen, die Trauer trugen wie ich. Und die paar Heiligenfiguren wirkten ebenfalls traurig und arm und so einsam wie wir selbst.

Der Winter kam, und die Ausgaben stiegen, denn Kohle war teuer, und ich musste mich mit einer kleinen Heizschale unter dem Tisch begnügen, damit ich beim Nähen wenigstens warme Beine hatte. Von Diego hatte ich nichts mehr gehört, Yuyo hätte ich mich niemals zu fragen getraut, und seit Papas Tod hatte ich keinen Grund mehr, in Uxíos Kneipe zu gehen. Hin und wieder gab es mir auf dem Rückweg vom Markt einen Stich, wenn ich hinter einer Ecke einen Mann erblickte, dessen Bewegungen oder in der Sonne glänzende Haare mich an ihn erinnerten.

Ich welkte vor mich hin wie eine Feige in einer Obstschüssel, die niemand essen will. Ich litt darunter, wusste aber nicht, wie ich es hätte ändern sollen.

Und als Don Julián, der Buchhalter der Schifffahrtsgesellschaft, mich an jenem Morgen in sein Büro bat, begriff ich erst nach einer Weile, worum es überhaupt ging, so träge war ich geworden und so sehr hatte ich das Reden und Zuhören schon verlernt.

»Wie bitte?«, sagte ich nur und sah mich nach einem Stuhl um.

Der Mann kam hinter seinem mächtigen dunklen Schreibtisch hervor und rückte mir einen Stuhl mit gerader Lehne heran, dann schob er sich die Augengläser auf die krumme Nase und murmelte »Es tut mir leid, Señora«, was mich an diesem Ort einfach nur befremdete.

»Entschuldigung«, brachte ich nach einer Weile hervor, »ich glaube, ich habe Sie nicht richtig verstanden.«

Der Buchhalter kehrte an seinen Platz hinter dem Schreibtisch zurück, richtete sich die weißen Manschetten und nestelte eine Weile am Schild der schwarzen Kappe, die er bei meinem Eintreten auf den Tisch gelegt hatte.

»Wir wissen nicht genau, was geschehen ist. Eigentlich hätte die *Estrella del Sur* am fünfzehnten in San Salvador de Bahía ankommen sollen, aber dort tauchte sie nie auf. Wir wissen, dass sie in Teneriffa planmäßig ausgelaufen ist, aber ab dann ... nichts mehr. Sie hat sich in Luft aufgelöst. Wir haben die Familien bisher nicht unterrichtet, weil wir immer noch hofften, dass sie einfach während eines Unwetters vom Kurs abgekommen und an die afrikanische Küste getrieben worden wäre, aber ... mittlerweile ist so viel Zeit vergangen ...«

In dem Büro war es drückend heiß. Ich starb fast in meinem hochgeschlossenen schwarzen Kleid und mit dem Trauerschleier über den Schultern. Ich hätte dringend ein Glas Wasser gebraucht, aber mir fiel nicht ein, danach zu fragen. Ich blickte auf meine im Schoß gefalteten Hände wie auf etwas, das nicht zu mir gehörte, und versuchte zu begreifen, was die Worte dieses Mannes bedeuteten: War Rojo gestorben wie mein Vater? War ich nun Witwe? Endgültig allein?

»Glauben Sie mir, es tut mir leid«, beteuerte Don Julián. »Sie waren erst kurze Zeit verheiratet, nicht wahr?«

»Im Januar wird es ein Jahr«, sagte ich mit trockenem Mund und wunderte mich selbst, dass schon so viel Zeit vergangen war.

Der Buchhalter schloss für einen Moment die Augen, als müsste er sich sammeln, bevor er mir die nächste Frage stellte. Ich sah aus dem Fenster, das auf einen dunklen, vermüllten Hinterhof zeigte.

»… Familie?«, hörte ich wie von fern. »Haben Sie beide … Familie?«

Das Wort klang irgendwie bekannt und dennoch fremd, er hätte genauso gut »Parallelepiped« oder »Solfatara« sagen können, Worte, die man in der Schule lernt und deren Bedeutung man irgendwann vergisst.

»Mein Vater ist Mitte Juni gestorben.«

»Ach je … Mein herzliches Beileid, Señora. Also gut, ich … meinte, ob Sie Kinder haben.«

»Meine Hochzeit ist gerade sieben Monate her, Don Julián.«

»Ach so, ja, Verzeihung. Und Sie sind nicht vielleicht …?«

Ich begriff nicht, und während er mich immer weiter ansah, wurde die Situation zunehmend peinlich.

»Schwanger«, ging es ihm endlich über die Lippen.

»Schwanger?«, wiederholte ich und sah auf meinen flachen Bauch in dem strengen Trauerkleid, auf dem meine ineinander verkrampften weißen Hände wie ein toter Schmetterling lagen.

»Schwanger, Señora. Ob Sie guter Hoffnung sind.« Der Mann begann die Geduld zu verlieren.

Ich wurde rot. Ich spürte, wie mir das Blut in die Ohren und Wangen stieg, und meine Blöße machte mich wütend.

»Nein, Don Julián. Wohl kaum. Ich habe seit Monaten keinen … meinen Mann nicht gesehen«, stammelte ich und bemühte mich um Würde. »Warum fragen Sie?«

Der Buchhalter schob sich wieder die Ärmel hoch, räumte irgendwelche Papiere hin und her, nahm einen dunkellila Bleistift und steckte ihn sich in einer unbewussten Geste hinters linke Ohr. Zwischen Zeigefinger und Daumen hatte er einen Tintenfleck.

»Also, Señora Berstein« – zum ersten Mal sprach mich jemand mit Rojos Namen an, und ich musste fast lachen –, »die Schifffahrtsgesellschaft unterhält für den Fall des Todes oder der dauerhaften Behinderung ihrer Matrosen einen Fond zur Entschädigung und Pensionszahlung für die Familien, aber da Sie erst so kurz verheiratet sind und keine Kinder haben … Wirklich, es tut mir sehr leid.«

Es dauerte eine Weile, bis ich begriff, was diese Worte bedeuteten.

»Das heißt also …«, begann ich und räusperte mich, aus Verlegenheit und weil ich eine trockene Kehle hatte; um diese Dinge hatte sich immer Papa gekümmert. »Der Lohn meines Mannes …«

»Keine Sorge, die Gesellschaft wird Ihnen den letzten Monatslohn voll ausbezahlen. Kommen Sie am Samstag.«

»Und danach?« Meine Stimme klang so verzagt und scheu, dass ich mich dafür schämte, aber ich hatte mich nicht in der Gewalt.

Don Julián hob die Hände und deutete ein Schulterzucken an. Ich starrte auf die über den Tisch verstreuten Papiere, als läge dort die Lösung aller Probleme meines zukünftigen Lebens, während sich unser Schweigen in die Länge zog. Ich wusste, dass es nicht mehr zu sagen gab, aber ich schaffte es nicht, aufzustehen und das Büro zu verlassen. Meine Knie waren weich wie Gummi, und ich zitterte am ganzen Körper.

»Ich weiß, das ist ein harter Schlag«, sagte der Mann schließlich, »aber Sie sind noch sehr jung, mein Kind. Glauben Sie mir, Sie werden schon ein neues Leben finden.«

Wie stellen Sie sich das vor?, wollte ich ihm ins Gesicht schreien. Wie sollte ich ein neues Leben finden, wenn ich doch noch nicht einmal eines hatte? Wie sollte ich in diesem fremden Land überleben, ohne Freunde, ohne irgendwen, der mir beistand?

»Wenn Ihnen das lieber ist«, sagte der Buchhalter und stand auf, »können wir Señor Bersteins letzten Lohn auch eintauschen für eine Passage zurück nach Spanien auf einem unserer Frachtdampfer. In zwei Wochen läuft ein Schiff nach Cádiz aus. Überlegen Sie es sich, Señora Berstein.«

»Ich bin nicht mehr Señora Berstein«, wisperte ich und stützte mich am Tisch ab, um aufzustehen.

»Aber sicher doch.«

»Bin ich nicht seine Witwe?«

Don Julián sah mich über den Schreibtisch hinweg an. »Sein Tod ist nicht bestätigt.«

»Was ... heißt das?«

»Solange die Leichen der Besatzung nicht geborgen sind und die gesetzliche Frist nicht verstrichen ist, sind Sie weiterhin eine verheiratete Frau.«

»Die gesetzliche Frist?«

»Sie ist auf zehn Jahre festgelegt. Wenn ich Ihnen noch irgendwie weiterhelfen kann…«

Er kam wieder hinter dem Schreibtisch hervor, nahm mich am Ellenbogen und führte mich langsam, aber bestimmt zur Tür.

»Sie werden sehen, die Zeit vergeht schnell« – ein Schritt –, »außerdem sind Sie noch in Trauer wegen Ihres Vaters« – noch zwei Schritte –, »und dann müssen Sie über den Verlust Ihres Mannes hinwegkommen« – wir waren fast an der Tür –, »da werden Sie doch nicht gleich an eine neue Ehe denken« – er legte die Hand auf die Klinke, dann öffnete sich die Tür auf einen grauen Gang hinaus, wo auf einer Holzbank eine ganze Reihe erschrockener Frauen mit ihrer Kinderschar saßen –, »und danach sehen Sie schon. Aber vielleicht denken Sie auch über das Angebot der Schifffahrtsgesellschaft nach und kehren nach Hause zurück. Dort haben Sie doch sicher Familie oder Bekannte. Sobald es irgendetwas Neues gibt, teilen wir es Ihnen mit. Auf Wiedersehen, Frau Berstein.«

Eine erschrocken dreinblickende Frau, die ein Baby auf dem Arm und ein Mädchen am Rockzipfel hängen hatte, stand auf und ging in das Büro, das ich gerade verlassen hatte.

Fast alle, die auf der Bank warteten, kannte ich vom Sehen, trotzdem wollte ich mich nicht zu ihnen setzen und über mein Unglück sprechen, sondern zog mir den dichten schwarzen Schleier, den ich im Büro zurückgeschlagen hatte, wieder übers Gesicht und taumelte, an den tuschelnden Frauen vorbei, aus dem Gebäude.

Kurz vor meiner Haustür fielen mir plötzlich zwei Dinge auf: dass ich mich nicht erinnerte, welchen Weg ich gegangen war, und dass ich nicht geweint hatte.

Das Unwetter traf uns vor der Küste Brasiliens, nachdem auf der Reise schon allerhand schiefgelaufen war. Die *Estrella* soff in wenigen Minuten ab, wir hatten kaum Zeit zu begreifen, was geschah. Ich erinnere mich nur noch an die gewaltigen tosenden Wellen, die in der Dunkelheit gegen unser Schiff schlugen, an das Geschrei der Männer, die sich schon tot sahen, und das Krachen der berstenden Balken und Masten, als würden sie zwischen den Kiefern eines Riesen zermalmt. Ich hatte keine Ahnung, wo wir hineingeraten waren: Es war vielleicht ein Wirbelsturm, hätte aber genauso gut auch ein Seeungeheuer sein können, das uns mit seinem Panzer gerammt oder mit seinem Schwanz einen Hieb versetzt hatte. In solchen Momenten setzt das Denken aus.

Ich weiß noch verschwommen, dass ich mich an ein Stück Mast klammerte und daran mit einem Kompagnon ausharrte; der Maschinist Ochoa jammerte die ganze Nacht, während die Wellen an uns zerrten, uns kaum Atem schöpfen ließen und die wenigen Überlebenden um uns herum immer weiter abtrieben, bis sie verschwunden waren.

Irgendwann war ich allein. Ich schloss die Augen,

und als ich sie wieder öffnete, war Ochoa nicht mehr
da, und das Meer unter mir kam mir vor wie ein
riesiges atmendes Tier, das mich ganz nach Laune
herumschaukelte, und über mir der graue Himmel,
der bereits rosig zu schimmern begann.

Ich glaube, es wurde viermal Morgen, bis mich die
Strömung in die Nähe einer Küste trieb, die ich trotz
Durst, Kälte, Hunger und Erschöpfung schwimmend
erreichte.

Ich hatte nie Angst vor dem Tod gehabt, und in den
Tagen auf dem Meer wurde mir klar, dass ich in jedem
anderen Moment meines Lebens das rettende Stück
Mast losgelassen und mich den Fluten überlassen
hätte. Es war nicht die Angst, die mich zurückhielt,
sondern Natalias Gesicht, das sich mir in die Erinnerung eingegraben und die Marienbildnisse aus den
Kirchen ersetzt hatte, die für mich als Kind ein Abbild
des Gesichts meiner Mutter gewesen waren, die ich
nie kennengelernt hatte.

Natalias Bild begleitete mich durch die schreck-
lichen Stunden, durch Kälte und Nebel wie ein Altar-
lichtlein, gab mir Kraft und sagte mir, dass ich zurück
musste, dass ich sie nicht allein lassen durfte, schließlich war ich ihr Beschützer, und da ich besser als jeder
andere wusste, was es heißt, allein zu sein, war mir
mein Versprechen oberstes Gebot.

»Warum probierst du es nicht aus, was kostet es dich?«,
fragte mich Dolores, die wie ich Spanierin und ein
bisschen älter war; ich hatte sie an einem Sonntag

kennengelernt, als mich Beatrice überredet hatte, mit ins Café zu kommen.

Beatrices Verlobter war schon eine Weile auf See, und da sie weder tanzen noch mit den ungebundenen Mädchen spazieren gehen durfte, langweilte sie sich und hatte so lange auf mich eingeredet, mit ihr einen Milchkaffee trinken und eine Puderzuckerschnecke essen zu gehen, dass ich am Ende Ja gesagt hatte, obwohl ich die zwanzig Centavo dafür kaum zusammenkratzen konnte. Aber da sie noch bei ihren Eltern und ihrem Bruder wohnte und mit Nähen ein wenig Geld dazuverdiente, lud sie mich ein, und so gingen wir zusammen ins La Martona, das im Stadtzentrum in der Avenida de Mayo lag, wohin ich seit der Hochzeit der armen María Esther nicht mehr gekommen war.

Dort trafen wir Dolores, die aus Huelva stammte und ein wenig von einem Mädchen von der Straße hatte, weswegen ich sie anfangs nicht mochte. Aber dann kamen wir ins Gespräch und plauderten übers Leben, und nach und nach begriff ich, dass ein Mädchen nicht zwangsläufig so schicksalsergeben sein musste wie ich und dass ich keineswegs zu Hause verkümmern und Hunger leiden musste, wenn ich nur etwas mehr Mut aufbrachte.

»Es wird dich wahrscheinlich schon ein bisschen Überwindung kosten«, sagte sie zu mir und fixierte mich mit ihren schwarzen Äuglein, die mich an reife Oliven erinnerten. »Man sieht dir an, dass du eine richtige Señorita bist.«

»Natalia ist sogar eine Señora«, verbesserte Beatrice. »Nur verwitwet.«

Dolores ging nicht darauf ein. »Ich will doch nur sagen, dass sie ein Mädchen aus gutem Hause ist und bestimmt nicht mehr gelernt hat als beten und nähen. Aber wenn man nicht untergehen will, muss man das Leben beherzt angehen. Komm einfach mit, dann stelle ich dich Doña Práxedes vor. Mit deinem schönen Gesicht nimmt sie dich bestimmt. Kannst du tanzen?«

Wieder antwortete Beatrice für mich und erzählte ihr, wie ich auf meiner Hochzeit Tango getanzt hatte.

»Also dann. Ich sage doch nicht, dass du auf der Straße anschaffen gehen sollst... damit will auch ich nichts zu tun haben. Es ist ein Salon der gehobenen Klasse. Die Männer sind gut gekleidet und haben Geld. Anständige Männer, die arbeiten, was denkst du, nicht solche Schnösel. Doña Práxedes passt auf wie ein Schießhund, und wenn doch mal einer Ärger sucht, sind Ignacio und Sebastián zur Stelle. Du bist mit uns dort, wie eine Königin fein angezogen und schön frisiert, und wenn ein Mann mit dir tanzen will, gibt er dir eine farbige Marke, die er vorher bei Doña Práxedes gekauft hat; du steckst sie ein und tanzt mit ihm, für jedes Stück eine Marke. Wenn der Abend vorbei ist, wechselst du die Marken bei der Chefin gegen das Geld, das du verdient hast, und gehst nach Hause.«

Ich nickte und schämte mich sehr, dass es schon so weit mit mir gekommen war, denn eine anständige Frau wäre sofort aufgestanden und fortgelaufen, ich aber hörte Dolores interessiert zu und fand es gar nicht so übel.

»Wie lange musst du für einen Kaffee und eine Zuckerschnecke nähen?«, lockte sie mich.

»Den ganzen Nachmittag«, antwortete ich schüchtern und ohne aufzusehen.

»Zwei Tangos. Du tanzt zwei Stücke mit einem Mann, der dir vielleicht sogar gefällt, und hast ein Sonntagsessen verdient.«

»Nur tanzen?«, fragte Beatrice leise nach.

»Nur tanzen. Wenn einer mehr will und du auch, redest du mit Doña Práxedes, und sie regelt es.«

»Und wenn sie es nicht will?«

»Sagt sie es, und die Sache ist erledigt. Und wenn er lästig wird, kommen Ignacio und Sebastián und schaffen ihn fort.«

Dolores leckte sich den Milchschaum von der Oberlippe, stand auf, strich sich den Rock glatt und sah mich an: »Los, komm mit. Schau dir den Salon doch einfach mal an.«

Ich ging nicht mit. Auch nicht am nächsten und auch nicht am übernächsten Tag.

Doch ohne dass es mir recht bewusst war, dachte ich jedes Mal, wenn wir bei mir zu Hause nähten und Beatrices und mein Blick sich trafen, an Dolores' Angebot. Ich musste nur tanzen. Tanzen, was mir das Liebste auf der Welt war, und könnte so viel Geld verdienen, dass ich mir hin und wieder ein Stück Fleisch leisten und mir sogar selbst einmal ein Kleid nähen könnte, und sei es nur, um mich in meinem

125

Zimmer vor den Spiegel zu stellen und mich hübsch zu finden.

Eine Woche später, es war schon fast Zeit fürs Abendessen, und Beatrice wollte gerade aufbrechen, warf ich ihr unauffällig einen Blick zu. Sie verstand, ging mit den anderen Mädchen, kehrte dann aber unter dem Vorwand, ihre Handtasche liegen gelassen zu haben, zurück, um zu erfahren, was ich von ihr wollte.

»Weißt du eigentlich, was die Mädchen in dem Salon von dieser Dolores anhaben?«, fragte ich und vermied es, sie anzusehen.

»Ich war letzten Sonntag dort... Ich habe nur kurz reingeguckt, aus Neugierde«, schob sie rasch nach. »Sie sehen gut aus. Man sieht es ihnen nicht an.« Sie erkannte, dass sie in ein Fettnäpfchen getreten war, und versuchte es wiedergutzumachen. »Sie sehen sehr elegant aus, sie tragen Kleider aus Satin oder Chiffon mit kurzen Ärmeln und knielangem Rock, tailliert, im Stil von früher. Kannst du es dir in etwa vorstellen? Nicht diese neumodischen Kleider, die auf der Hüfte sitzen und lose von der Schulter herabfallen.«

»Und was für Frisuren?«

»Alles. Manche haben kurze Haare, *à la garçonne*, aber die meisten stecken ihre langen Haare hoch. Und sie schminken sich natürlich ein bisschen, mit Lidschatten und rotem Lippenstift.«

Wir sagten eine ganze Weile lang nichts. Über die Frage, die sie mir dann stellte, war ich so gerührt und so dankbar, dass ich fast weinen musste.

»Und was willst du anziehen?«, fragte sie mich, als wäre es das Normalste auf der Welt, als ob bereits alles besprochen und entschieden wäre. »Falls du irgendwas ändern oder färben willst, ich helfe dir gern, es braucht ja niemand mitzukriegen.«

Sie umarmte mich und ging nach Hause, wo sie zum Abendessen erwartet wurde. Ich begab mich hoch in mein Schlafzimmer, öffnete den Kleiderschrank und nahm, nachdem ich kurz zusammengezuckt war, mein Brautkleid heraus. Es war aus weißem Satin und das einzige gute Stück, das ich hatte.

Obwohl ich bereits fünf Sitzungen Modell gesessen hatte, hatte er mir das Bild immer noch nicht gezeigt. Jedes Mal, wenn wir fertig waren, warf er rasch ein Tuch darüber, lud mich auf ein Glas ein und sagte mir, es laufe gut und dass ich es schon noch zu sehen bekäme, wenn es fertig sei.

Mehrmals fragte ich ihn, ob er schon ein passendes Mädchen habe, bis er eines Tages verkündete, er habe die perfekte Frau gefunden, die genau das verkörpere, was er darstellen wolle, und dass er sie nur mit Mühe habe überreden können, obwohl sie das Geld offensichtlich brauche. Sie sei stolz, sagte er mir, aber auch unschuldig und rein, wie ein Engel mit gestutzten Flügeln, der unser mühsames Erdenleben teilt. Eine Sumpfblume nannte er sie und entschuldigte sich für seine »poetischen Anwandlungen«.

Ich war wie elektrisiert, denn diese Beschreibung passte genau auf Natalia.

»Wissen Sie was, Compadre?«, sagte Nicanor, während er sich die Hände an einem nach Lösungsmittel stinkenden Lappen abwischte. »Mir schwebt ein Bild vor, und ihr beide wärt dafür das perfekte Paar. Dummerweise verweigert sie jeden Umgang mit Männern. Ich musste sehr auf sie einreden, damit sie überhaupt kommt, und das nur in Begleitung einer Freundin. Na ja, wir Maler haben eben einen schlechten Ruf, und ein Hexenmeister wie ich erst recht.«

»Warum Hexenmeister?«, fragte ich.

»Dummes Geschwätz natürlich. Meine Mutter war eine brasilianische Sklavin, eine Mulattin, und konnte mit Geistern Kontakt aufnehmen. Zumindest hat sie das behauptet. Ich hatte mir schon als kleiner Knirps in den Kopf gesetzt, Maler zu werden, und da wandte meine Mutter einen Zauber an, den sie vielleicht von einem Babalao kannte und der mir die Fähigkeit verleihen sollte, den Geist des Porträtierten auf die Leinwand zu bannen. Ich habe nie irgendwas bemerkt. Trotzdem kursiert dieses Gerücht, und viele wollen sich auf keinen Fall von mir malen lassen. Wahrscheinlich fürchten sie, ich raube ihnen die Seele!« Er lachte gekünstelt. »Zum Glück glauben die Reichen solchen Schmu nicht, und von den Porträts der guten Gesellschaft in Buenos Aires kann ich ganz gut leben. Sobald ich hier den Durchbruch schaffe, haue ich ab nach Paris oder New York.«

»Das hatte ich auch mal vor«, sagte ich und leerte mein Glas.

»Und jetzt nicht mehr?«

»Nein.«

»So wie Sie tanzen können, stünden Ihre Chancen nicht schlecht. Ein Freund von mir, er ist Bandoneonist, sucht noch einen Tänzer, der mit ihm nach Finnland gehen und sein Glück versuchen will. Scheint, dass die Leute dort den Tango noch nicht satt haben wie in Frankreich oder Spanien.«

»Und wo ist das?«

»Auch in Europa, aber ganz im Norden. Nichts als Eis und Seen und Wälder und so weiter. Muss wunderschön sein. Überlegen Sie es sich. Wenn Sie wollen, mache ich Sie miteinander bekannt.«

Ich wandte mich von Nicanor ab, ging um die zugehängte Staffelei herum und zündete mir eine Zigarette an. Ich wollte nicht, dass diese albernen Hoffnungen wieder aufkeimten. Es war mir schwer genug gefallen, mich von meinen Träumen zu verabschieden, doch nun hatte ich für solche Flausen nichts mehr übrig.

»Meine Partnerin wäre dafür nicht geeignet«, sagte ich abwehrend, während ich ihm den Rücken zukehrte und ein unfertiges Porträt eines wohlhabenden Fräuleins im Tennisdress betrachtete. Seine Mutter hatte Nicanor nicht zu viel versprochen: Er fing in seinen Porträts tatsächlich die Seele ein. Dieses Mädchen schien in seiner ganzen Beschränktheit fast zum Leben zu erwachen.

»Dann suchen Sie sich eine andere. In Buenos Aires gibt es genug Frauen, die für ihr Leben gern tanzen.«

Ich schüttelte den Kopf, und meine Sturheit verwunderte ihn und sogar mich selbst.

»Wenn Sie Natalia tanzen sehen, werden Sie Ihre Meinung ändern«, beharrte der Maler.

»Natalia?« Ich drehte mich zu ihm um, und etwas in meinem Blick schien ihn kurz zu verwirren. »Sie haben Natalia tanzen gesehen? Wo?«

Er ging, noch immer überrascht, auf mich zu, legte mir die Hand auf die Schulter und führte mich in den hinteren Teil des Ateliers zu einer weiteren mit einem Tuch verdeckten Staffelei. Mit Schwung enthüllte er das Bild und drehte es zu mir um. »Reden wir von derselben? Ist sie es?«

Aus dem dunklen Hintergrund der Leinwand durchbohrten mich Natalias schwarze Augen wie Dolche.

»Die Sumpfblume«, fügte er hinzu und blickte durch den Qualm seiner im Mund klemmenden Zigarette träumend auf das Porträt. »Ein Freund von mir schreibt gerade einen Tango mit diesem Titel.«

»Wo finde ich sie?«

Er lächelte, als wäre er enttäuscht, dass er mich so leicht hatte überreden können. Er trat den Zigarettenstummel mit dem Stiefel aus und nahm sich mit der Antwort Zeit. »Wenn ich Sie beide zusammen malen darf, sage ich es Ihnen.«

»Alles, was Sie wollen.«

»Sie brauchen noch nicht mal zusammen zu posieren. Ich habe ihre Gesichtszüge hier drinnen.« Er tippte sich gegen die Stirn. »Ich brauche nur Ihre Erlaubnis.«

»Von mir aus.«

»Sie tanzt im El Divino in La Boca.«

»In dem Schuppen von Doña Práxedes?«, krächzte ich mit trockener Kehle.

»Sie ist noch immer ein anständiges Mädchen.«

»Das weiß ich«, sagte ich. »Danke.«

Es war das letzte Mal, dass ich Nicanor gesehen habe.

Während meiner Rückreise nach Buenos Aires vertrieb ich mir die Zeit mit Rechnen, weil ich unbedingt wissen wollte, wie lange ich weg gewesen war, aber die Stationen der Reise purzelten in meinem Kopf durcheinander, und ich war mir eigentlich nur sicher, dass wir am 29. Januar in La Boca ausgelaufen waren, dass Herbst und Winter vergangen waren und Frühling sein musste. Obwohl Argentinien nun schon so viele Jahre mein Anlaufhafen war, fand ich es immer noch seltsam, dass mit dem Oktober die schöne Jahreszeit begann, dass Januar im Sommer lag und Mai ein Herbstmonat war.

Irgendwann war ich das Zurückrechnen leid und gab es auf, den genauen Zeitpunkt unseres Schiffbruchs bestimmen zu wollen. Stattdessen dachte ich an Natalia, fragte mich, ob Don Joaquín in der Zwischenzeit gestorben war, und überlegte, ob die Schifffahrtsgesellschaft ihr wohl ordnungsgemäß den Lohn ausgezahlt hatte, wahrscheinlich nur die bescheidene Witwenpension, denn nach so langer Zeit hielt man uns sicher alle für tot.

Ich hätte versuchen können, ihr von Rio de Janeiro aus über das Büro einer anderen Schifffahrtsgesellschaft meine Ankunft anzukündigen, aber aus irgendeinem mir selbst nicht ganz verständlichen Grund wollte ich sie überraschen und sie erst aus der Ferne beobachten, bevor sie von meinem Überleben erfuhr.

Manchmal stellte ich mir vor, ich käme zu dem Haus in der Calle Necochea, es wäre schon dunkel, ich würde auf dem gegenüberliegenden Gehsteig weit weg von der Straßenlaterne stehen bleiben und hoch zu ihrem Schlafzimmer blicken, in dem Licht brennen würde, vielleicht würde ich ihren sich hinter der Jalousie bewegenden Schatten sehen, dann würde ich den Türklopfer benutzen, und Natalia, im Nachthemd und mit offenen Haaren, würde sich vor Schreck an die Brust fassen und auf den Balkon stürzen, um nachzusehen, wer zu so später Stunde vor der Tür stand. In dem Augenblick würde ich die Mütze abnehmen und ins Licht der Laterne treten, sie würde mich erkennen, jubelnd die Treppe hinunterrennen, mir die Tür öffnen, und dann würden wir uns lange umarmen. Ich würde sie hochheben und auf meinen Armen ins Zimmer hochtragen, sie würde etwas zu essen und zu trinken holen und sagen, »Wie mager du bist, Rojo! Du musst wieder zu Kräften kommen. Was für eine Freude, dass du wieder da bist!«; und ich würde mich umsehen und vor Glück zerfließen, weil ich wieder zu Hause war, in meinem Bett, bei meiner Frau.

Andere Male träumte ich davon, wie ich sie morgens auf dem Markt mit einem Korb voller Gemüse in der Hand antreffen würde. Sie trug Schwarz, war blass und hatte Ringe unter den Augen. Auf einmal würde sie meine Stimme hören und erschrocken aufblicken, und nach und nach würden ihre Augen wieder ihren Glanz erhalten und ihre Lippen wieder lächeln. Sie würde den Korb fallen lassen, und wir würden einander in die Arme stürzen, vor allen Leuten, die Beifall klatschen und rufen würden: »Rojo ist da!«, »Rojo ist zurückgekehrt!«, »Niemand ist so toll wie Berstein!« Doch wer nannte mich schon noch Berstein. Zu viele Buchstaben, zu kompliziert.

An manchen Orten fand ich für einen Tag Arbeit, bevor ich weiterreiste, und wenn ich nach so einem Tag nicht einschlafen konnte, kam mir der Gedanke, ich käme nachts in die Calle Necochea – keine Ahnung, warum es in meiner Vorstellung immer Nacht war –, aber das Haus war verschlossen und dunkel. Ich würde überall in den Cafés und Kneipen nach ihr fragen, aber niemand wüsste etwas, niemand hätte sie gesehen, niemand würde sich erinnern, dass sie einmal meine Frau gewesen war. Am Ende würde mir jemand sagen, dass ihr Vater gestorben und sie weggegangen sei, ohne eine Adresse zu hinterlassen.

In solchen Nächten brach mir vor Angst der Schweiß aus, und ich zog in irgendeine Kneipe, um mich volllaufen zu lassen und danach hoffentlich schlafen zu können, doch häufig beschworen der Alkohol und die Angst, sie verloren zu haben, noch viel schlimmere Vorahnungen herauf: Ich kehrte zurück

133

und fand sie mit einem anderen vor, einem reichen Bonzen mit Auto oder einem Messerstecher wie dem auf unserer Hochzeit, oder in einem Hauseingang beim Anschaffen, mit Zigarette in der Hand und geschminkten Augen.

Damals in Cádiz, von wo aus wir nach Teneriffa und von dort ins Unglück fuhren, hatte ich einen betrunkenen bayerischen Soldaten kennengelernt, dem genau das passiert war: Er war als einziger Überlebender seiner Einheit aus dem Krieg zurückgekehrt und hatte vor einem leeren Haus gestanden. Seine Frau war nach München gezogen, wo sie mit einem anderen zusammenlebte und ein Kind erwartete.

»Was haben Sie gemacht?«, fragte ich ihn.

»Was hätten Sie gemacht?«

»Ich weiß es nicht«, sagte ich ihm in aller Aufrichtigkeit. »Wenn Ihre Frau geglaubt hat, sie wäre Witwe... Eine Frau in so einer Lage muss zusehen, dass sie schnell wieder heiratet. Um einen Mann zu haben, der sich um sie kümmert. Aber ich würde Sie verstehen, wenn Sie die beiden umgebracht hätten. Manchmal dreht man durch...«

Er hatte schweigend seinen Wein ausgetrunken und dann den Kopf in die verschränkten Arme gelegt.

»Ich gehe nie wieder nach Deutschland zurück«, hatte er gebrummt.

»Kommen Sie doch mit nach Argentinien. Dort können Sie ein neues Leben anfangen.«

Er hatte mich mit trübem Blick angesehen, als wäre mein Angebot gar nicht bis zu ihm durchgedrungen.

»Wäre ich doch bei Verdun gefallen wie alle anderen«, hatte er in sich hineingemurmelt.

»Kommen Sie«, hatte ich gesagt, »ich bringe Sie nach Hause, Sie denken darüber nach und sagen mir morgen Bescheid.«

»Halten Sie sich nicht mit mir auf, mein Freund.« Er hatte ungelenk gesprochen, wie in einer Fremdsprache. »Ich bin ein toter Mann.« Er hatte den Kopf gehoben, mich mit seinen wasserhellen Augen angesehen und gelächelt.

Sein Lächeln war mir vor Augen geblieben, und jedes Mal, wenn ich an Natalia dachte, die seit Monaten ohne Vater, ohne Familie, ohne irgendwen, der sie unterstützte, allein in La Boca war, ahnte ich das Schlimmste, und nachdem ich jahrelang nicht mehr gebetet und keine Kirche mehr betreten hatte, kniete ich vor der Jungfrau Maria und flehte sie an, Natalia zu beschützen und dass ich sie bei meiner Rückkehr als anständige Frau anträfe. Oder dass ich wenigstens den Mut hätte, sie nicht umzubringen, sollte es nicht so sein.

Wie jeden Abend vor dem Ansturm der Gäste blickte ich, um mir Mut zu machen, auf meine zierlichen Füße, die in den abgenutzten, von vielen Stunden Musik ausgetretenen Tanzschuhen steckten. Ich hatte sie mir am Tag, nachdem ich mich entschieden hatte, in dem Salon aufzutreten, auf dem La-Cañita-Flohmarkt in der Calle Libertad, Höhe Sarmiento und Lavalle, gekauft. Dolores hatte gelacht, als sie mich in meinen Stiefelchen gesehen hatte, die meine einzigen guten Schuhe waren, und mich losgeschickt, obwohl Sonntag war, denn La Cañita hatte immer geöffnet. Alle Armen, die nichts mehr zu verpfänden hatten oder die wussten, dass sie niemals das nötige Geld zusammenbekämen, um ihre Habseligkeiten zurückzuholen, gingen zu La Cañita, um das Letzte, was sie besaßen, loszuschlagen. Darum war es dort so billig, wenn man fand, was man brauchte.

Meine Schuhe hatten einer gewissen Grisela gehört, einer großen Tangotänzerin, wie mir der Verkäufer beteuerte, die Argentinien verlassen und Paris erobert hatte. Sie brächten bestimmt auch mir Glück, sagte er, aber eigentlich kaufte ich sie des Preises wegen und weil es die einzigen in meiner Größe waren.

Ich hatte auch einen Rest schwarzen Tüll für die Ärmel erstanden, und Beatrice hatte mir beim Färben und Ändern meines Kleids geholfen, nachdem ich am ersten Tag in Straßenkleidung im Salon erschienen war – in meinem schwarzen Rock und der guten Bluse, die ebenfalls schwarz war – und Doña Práxedes mir gesagt hatte, ich solle meinen Witwenstand nicht gar so offen zeigen, weil ich damit nur die Männer verschrecken und ihr das Geschäft ruinieren würde.

Mein Brautkleid zu färben war das Schlimmste, was ich je gemacht habe, schlimmer als das mit Rojo, denn das gehörte letztlich zum Eheleben dazu. Aber diese Pracht an Stoff in den Farbbottich zu tauchen und zuzusehen, wie sich das Orangenblütenweiß erst schmutziggrün und dann kohlschwarz verfärbte, hatte mir unbeschreiblich wehgetan, als würde ich mich selbst besudeln, als würde das Mädchen, dem seine Mutter Brillantine in die Zöpfe gerieben, das von seinem Großvater Spielsachen geschenkt bekommen und das sein Vater vor den Altar geführt hatte, zusammen mit dem Kleid für immer verdorben. Unwiederbringlich. Denn was einmal schwarz ist, wird nie wieder weiß.

Als ich danach allein gewesen war und mich im Spiegel betrachtet hatte, in dem engen, kurzen Kleid mit Tüllärmeln, schwarz mit grünlichen Wasserlinien wie ein Moiréstoff für Arme, in Tanzschuhen und Seidenstrümpfen, war mir ganz seltsam zumute gewesen. Denn ich war schön. Nur nicht mehr ich.

Und während ich nun wie jeden Abend auf meine Schuhe und seidig glänzenden Beine blickte und im blinden Spiegel den roten Fleck meines Lippenrots entdeckte, fragte ich mich, wer diese Unbekannte war, die an einem Abend mehr verdiente, als ich früher in einer Woche zusammenbekommen hatte, und wie es dazu gekommen war und vor allem, wie es weitergehen würde, denn das war nichts auf Dauer. Trotz des guten Verdienstes und obwohl die meisten Männer nur zum Tanzen kamen und ich noch nie in eine brenzlige Lage geraten war, konnte, durfte das nicht auf ewig so bleiben.

Ich stellte mir vor, was mein Großvater und mein Vater gesagt hätten, hätten sie mich so gesehen, wie sehr es ihre Ehre gekränkt hätte, dass ich so tief gefallen war, und wollte auf der Stelle fliehen und wieder die sein, die ich immer gewesen war. Aber dann würde ich Hunger leiden und meine Jugend und mein Leben zwischen den vier Wänden in der Necochea begraben müssen, mit der fernen Hoffnung, dass in vielen Jahren, wenn mein Witwenstatus endlich anerkannt würde, irgendein vernünftiger Mann an mir Gefallen finden und mich noch einmal vor den Altar führen würde. Und das kam nicht infrage. Das wäre noch schlimmer als alles, was ich hier tat, auch wenn es meinem Ruf weniger geschadet hätte.

Ich dachte oft an die arme María Esther, an die Nachmittage bei ihr zu Hause und wie sie mich einmal gefragt hatte, ob ich nicht hin und wieder davon träumen würde, in einem Theater zu tanzen, die Blicke der Männer auf mir zu spüren und Blumen geschickt zu bekommen. Daraufhin ließ ich voller Bitterkeit meinen Blick durch den Salon schweifen, über die staubigen Lampenschirme, die grünen Samtvorhänge vor den Fenstern, die polierte Marmortheke, an der die Männer vor ihrem Zuckerrohrschnaps mit müdem Blick warteten, bis sie an der Reihe waren, und dabei mit der Marke im Takt der Musik klopften. Und dann steckte ich mir in Erinnerung an María Esther eine Zigarette an und wünschte mir ganz fest, man könnte die Zeit zurückdrehen und wir wären wie früher bei ihr zu Hause und würden hinter dem Vorhang rauchen und uns die Zukunft vorstellen, die damals noch vor uns gelegen hatte und uns ganz anders erschienen war.

Mein Leben spielte sich von nun an im Tanzsalon

und in Urías Maleratelier ab, wohin ich immer mit Dolores ging. Kaum hatte er mich überredet, mich von ihm malen zu lassen, hatte er auch noch von einem Doppelporträt gesprochen, mit mir und einem Freund von ihm, ein Tangobild, für das wir als Tänzer posieren sollten. Ich hatte zunächst abgelehnt, denn ich wollte außerhalb meiner Arbeit im Tanzsalon keinen Fremden umarmen müssen. Eigentlich hatte ich mich überhaupt nur überreden lassen, weil in mir der Wunsch nach diesem Gemälde fortlebte, das nie zustande gekommen war, obwohl sich Papa nicht mehr daran würde erfreuen können und ich keine Kinder hatte, die es später einmal in einem Museum bestaunen könnten. Außerdem war der Maler trotz seiner dunklen Haut und der seltsamen Gerüchte, die über ihn kursierten, ein zurückhaltender, freundlicher Mensch. Aber sobald das Bild fertig war, würde Schluss sein, ich wollte Papas Andenken nicht noch mehr beschmutzen. Überhaupt war es nicht sehr angenehm, stundenlang dazusitzen und, als wäre ich ein Krug oder ein Obstkorb, Urías scharfem Blick ausgesetzt zu sein, der mir das wenige Leben zu entziehen schien, das als Waise und Witwe noch in mir war.

Das Geld von den Sitzungen verwahrte ich in einer Quittengeleedose, die ich im Hof unter dem Baum mit den gelben Blüten versteckt hatte. Ich sparte auf nichts Konkretes, aber mich tröstete der Gedanke, mit diesem Geld irgendwann einmal etwas anfangen zu können. Wenn ich eines Tages dieses Leben wirklich leid sein sollte, könnte ich das Haus in der Calle

Necochea verkaufen, meine Ersparnisse nehmen und zurück nach Spanien gehen, nach Vitoria oder Valencia, und dort vielleicht ein Kurzwarengeschäft oder einen Blumenladen aufmachen. Ich hatte nie Pläne für die Zeit nach der Hochzeit geschmiedet, und nun, da mein Leben auf einmal in meinen eigenen Händen lag, wusste ich nicht, was ich damit anfangen sollte.

Ich verbannte jeden Gedanken an Rojo, an seinen bleichen, angenagten Körper auf dem Meeresgrund, an seine leeren Augen, die so blau gewesen waren, an seine großen, kräftigen Hände, die nur noch Klumpen zwischen dunklen Algen waren.

Doch vor allem bemühte ich mich, nicht an Diego zu denken, an seine Stimme, die ich kaum gehört hatte, an seinen Körper, der mich wie ein Brandeisen gebrandmarkt hatte, an seinen glühenden, so beredten Blick, und oft lag ich nachts wach und bangte, Yuyo könnte ihm erzählt haben, wo ich tanzte, und er würde kommen und mir verächtlich eine farbige Marke zustecken und dann die Arme um mich legen. Bloß das nicht. Jeder andere, nur nicht er.

Für meine Rückkehr nach Buenos Aires brauchte ich Monate. Und als ich nach all den Strapazen in einer noch kalten Novembernacht endlich in der Calle Necochea ankam, fand ich das Haus verschlossen.

Zuerst fühlte ich nichts. Einer meiner schlimmsten Albträume wurde wahr, und ich fühlte nichts. Nur eine Leere im Bauch, wie sich meine Rechte ballte und dann zum Messer griff, ein Klopfen in den Schläfen.

Während ich zur Kneipe des Galiciers trottete, versuchte ich mir Natalias Abwesenheit zu erklären. Vielleicht war sie nach Don Joaquíns Tod nach Spanien zurückgekehrt, um ihre Familie in Valencia um Hilfe zu bitten. Vielleicht übernachtete sie bei einer Freundin, weil sie sich allein im Haus fürchtete. Oder sie drehte noch eine Runde mit den Italienerinnen und würde mir unterwegs in die Arme laufen.

Aber es war nach zehn. Die Kneipe war schon zu. La Boca füllte sich bereits mit Nachtschwärmern, überall hörte man Tango, in den Eingängen und an den Straßenecken boten sich Frauen an, die herumschlendernden Männer ließen in den Hosentaschen die Münzen klimpern. In der Calle Pedro de Mendoza waren die Läden noch geöffnet, und es herrschte das normale Treiben, aber ich ahnte schon, dass ich Natalia in dieser Gegend nicht treffen würde, und in der Kirche war sie ganz bestimmt nicht.

Ich beschloss, zur Calle Progreso und zur Calle Alegría hochzugehen. Dort würde ich in einem Café vielleicht irgendeinen Bekannten treffen, bei dem ich mich nach ihr erkundigen konnte, obwohl ich mich ungern in diesem erbärmlichen Zustand den Leuten zeigen wollte, ein armer Tölpel, der nach einem Schiffbruch heimkehrt und kurz vor Mitternacht in den Cafés nach seiner Frau herumfragen muss.

Auf dem Weg dorthin trank ich mir, versteckt zwischen den anderen nächtlichen Jägern, mit dem einen oder anderen Zuckerrohrschnaps Mut an, doch irgendwann bemerkte ich, dass die Leute Abstand von mir nahmen, dass das wilde Tier mir wieder seine Lefzen zeigte und ganz allmählich mein Blut in Wallung brachte.

Nach drei Tagen entschloss ich mich endlich, auf die Suche nach ihr zu gehen. Wenn ein Mädchen wie Natalia in Doña Práxedes Salon tanzte, dann hieß das, dass sie verzweifelt war, und in solch einem Zustand will niemand gern gesehen werden. Aber ich musste sie sehen. Ich musste hingehen und sie irgendwie dort rausholen. Ich musste ihr sagen, dass ich sie liebte, dass ich seit fast einem Jahr auf den Moment wartete, ihr das zu sagen, und dass sie mir vertrauen konnte.

Der Salon lag in der Calle Alegría, und man hatte mir berichtet, dass es dort noch schlimmer zuging als früher; dabei erinnerte ich mich, dass sich die Männer in dem brechend vollen Laden schon früher die Mädchen gegenseitig aus den Armen gerissen und ihnen nicht eine Minute Erholung gegönnt hatten, noch nicht einmal, um sich den Schweiß abzutupfen, der ihre Kleider durchnässte. Ich war bestürzt, dass sich Natalia, die Unschuld in Person, dort allein herumtrieb, leidlich beschützt von Doña Práxedes' beiden Raufbolden, zwei alten, fetten Galiciern, die gegen niemanden ankamen, der mit dem Messer umzugehen verstand.

Auf den Straßen herrschte wie jeden Samstagabend

reges Treiben, und besonders nach Allerheiligen waren die Leute in Ausgehlaune.

Als ich mich der Calle Alegría näherte, wurden mir die Beine mit jedem Schritt schwerer, und ich setzte ein hartes Gesicht auf, damit sie nicht sehen würde, wie aufgewühlt ich war, wie hin und her gerissen zwischen der Sehnsucht, sie wiederzusehen, und meiner schmerzvollen Beschämung über die Umstände dieses Wiedersehens.

Entgegen allem, was ich auf ihrer Hochzeit, als sie in meinen Armen gelegen hatte, zwischen uns zu fühlen geglaubt hatte, liebte sie mich ganz offensichtlich nicht. Sie hatte sich bei Yuyo nie nach mir erkundigt, sie hatte auch in ihrer Not nicht nach mir gesucht, sondern es stattdessen vorgezogen, in diesem Salon zu tanzen, und dabei hätte ich mit Freuden alles für sie hingegeben, wenn sie mich nur darum gebeten hätte.

Was sollte ich machen, wenn ich das El Divino betrat und sie für mich nur Verachtung übrig hätte?

Und doch ging ich hin. Ich strich mir das Jackett glatt, legte den Hut auf dem Fenstersims ab, dann strich ich mir mit beiden Händen die Haare zurück, lockerte den Schal und betrat den Salon.

Als ich schon fast an der Calle Progreso war, es ging auf Mitternacht zu, sah ich zwei Männer, die aus einem Hauseingang kamen und dann langsam vor mir hergingen. Einen von ihnen erkannte ich. Er hieß Quinquela und war einer der Maler, die in der Unión ihren Stammtisch hatten. Ich kannte seinen Namen, denn mein Schwiegervater hatte mir vor langer Zeit einmal erzählt, er wolle, wenn die Tischlerei gut laufe, bei ihm ein Porträt von Natalia in Auftrag geben, damit unsere Kinder sehen könnten, wie ihre Mutter mit zwanzig ausgesehen hatte. Quinquela wusste also, wer Natalia war, dennoch zögerte ich, ihn anzusprechen, denn wahrscheinlich konnte auch er mir nicht weiterhelfen und hätte nur spitzgekriegt, dass mir während meiner Zeit auf See die Frau weggelaufen war.

Sie blieben unter einer Straßenlaterne stehen, weil sich der eine eine Zigarette anzünden wollte, woraufhin ich ebenfalls stehen blieb und ihren Worten lauschte.

»Urías ist ein wunderbarer Künstler«, sagte der andere, den ich nicht kannte. »Ich halte seinen Stil für ein bisschen veraltet, aber seine Figuren sind so lebendig, dass sie fast zu atmen scheinen. Die Kleine ist eine Schönheit.«

»Ja. An Natalia reicht in La Boca keine heran. Ihr Vater wollte sie porträtieren lassen, aber er hatte nicht das Geld dazu. Jetzt hat er das Bild, das er haben wollte. Der Tango, verkörpert von einer Frau.«

»Und von einem Mann, Quinquela. Dieses Paar würde in Europa Furore machen. Doch irgendwie ist das Bild … unheilvoll, finden Sie nicht? Wenn man es ansieht, läuft es einem kalt über den Rücken.«

Quinquela klopfte dem anderen, der seine Zigarette inzwischen angezündet hatte, auf die Schulter. »Werden Sie nicht philosophisch, Montero. Es ist ein

144

gutes Bild, meinetwegen ein sehr gutes, aber schließlich und endlich bemalt auch er nur Leinwände wie
wir.«

In dem Augenblick, als ich den Namen »Natalia«
aufschnappte, wusste ich, dass von meiner Frau die
Rede war, denn der Name war selten im Viertel.

»Verzeihung«, sprach ich die beiden an und ging
mit der Kappe in der Hand auf sie zu, »ich habe zufäl-
lig Ihr Gespräch mitgehört, ich war viele Monate auf
See und bin eben erst zurückgekehrt ...«

Die beiden drehten sich neugierig zu mir um.

»Ich heiße Berstein. Natalia ist meine Frau.«

Wir gaben uns die Hand, und ich fing einen Blick
zwischen ihnen auf, der mir nicht gefiel.

»Ich würde mir gern dieses Porträt ansehen«, sagte
ich und bemühte mich, die langsam in mir hoch-
kochende Wut zu unterdrücken. Sie hatten etwas von
einem Mann neben Natalia gesagt.

»Es ist kein normales Porträt. Nicanor Urías hat
ein Bild von einem Tango tanzenden Paar gemalt. Es
hängt in seinem Atelier, gleich hier in der Hausnummer dreizehn. Klopfen Sie, vielleicht ist er noch da.«
Quinquela erforschte mein Gesicht. »Sie sind Seemann, wenn ich richtig verstanden habe?«

»Bootsmann auf einem Frachtdampfer.«

»Kommen Sie irgendwann mal vorbei. Ich würde
Sie gern porträtieren.«

Ich verabschiedete mich rasch und suchte die Hausnummer, die man mir genannt hatte. Ich betätigte den
Klopfer, und zu meiner Überraschung öffnete sich die

Tür einen Spalt. Ein kleiner Mann mit einem Mulattengesicht hielt mir lächelnd einen blauen Schal hin.

»Verzeihung«, sagte er verdutzt, als er mich sah. »Gerade haben sich zwei Freunde von mir verabschiedet, und ich dachte, sie kommen ihren Schal holen.«

»Ich will das Bild sehen«, sagte ich ohne zu grüßen.

»Das Bild?«

»Dieses Tangobild, von dem Ihre Freunde gesprochen haben.«

Seine Gesichtszüge verhärteten sich, und er wollte mir die Tür vor der Nase zuschlagen. »Für so etwas ist jetzt nicht die Uhrzeit, außerdem steht das Bild nicht zum Verkauf.«

Ich stieß die Tür mit der Schulter auf, zückte das Messer und drängte den Maler ins Haus. »Ich habe gesagt, ich will es sehen! Jetzt auf der Stelle!«

Aus seinem dunklen Gesicht wich alle Farbe. Ohne mich aus den Augen zu lassen, wich er durch den Flur vor mir zurück bis in einen großen, hell erleuchteten Raum, in dessen Mitte ein einziges Bild auf einer Staffelei stand.

Ich brauchte nicht zu fragen, ob es besagtes Gemälde war.

Auf der Leinwand sah ich Natalia mit laszivem Blick und einem Lächeln, wie ich es noch nie an ihr gesehen hatte, und sie umarmte den Halunken von der Hochzeit, der genauso schmachtend dreinblickte und sie besitzergreifend um die Taille fasste.

Es stimmte: Es schien fast, als atmeten sie.

Vor meinen Augen umarmte dieser Kerl meine Frau, und sie gab sich ihm hin wie mir niemals zuvor. Tangoselig vergaß das Paar die Welt um sich herum.

Ich stürzte mit dem Messer in der Hand auf das Bild zu, aber der Maler stellte sich dazwischen, und ohne recht zu begreifen, was ich tat, rammte ich ihm die Klinge in die Brust.

»Nein!«, schrie er. »Nein!«

Ich wusste nicht, ob er es wegen des Bildes rief oder wegen seiner selbst.

»Natalia gehört mir!«, brüllte ich zurück, damit er begriff. »Sie ist meine Frau!«

Das Zimmer drehte sich um mich, das Blut rauschte mir in den Ohren, ich hörte es hämmern wie im Maschinenraum der *Estrella*, und schließlich schoss es mir auf die rechte Hand, mit der ich die Klinge aus der Brust des Malers gezogen hatte.

Das Bild lag auf dem Boden. Urías hatte es mit sich gerissen und versuchte, zur Seite zu rutschen, um sein Werk nicht mit seinem eigenen Blut zu besudeln.

»Es ist das Beste, was ich je gemalt habe«, röchelte er. »Zerstören Sie es nicht. Natalia hat nichts Verwerfliches getan. Sie hat noch nicht einmal mit Diego zusammen für das Bild Modell gestanden. Ich habe sie aus dem Gedächtnis gemalt, ich schwöre es Ihnen.« Seine Stimme verlor ihre Kraft, er schluchzte.

»Wo ist sie?«

»Helfen Sie mir. Holen Sie einen Arzt. Ich zeige Sie auch nicht an, Ehrenwort.«

»Wo ist sie?«

Als mir klar wurde, dass er mir nicht antworten würde, packte ich das Bild.

»Nein! Nein!«, brüllte er wieder.

Mit der Klinge fetzte ich die Leinwand in der Mitte durch und trennte Natalia aus dieser Umarmung, die mich zur Weißglut brachte.

Der Maler heulte wie ein kleines Kind und presste sich beide Hände auf die Wunde.

»Wo ist sie?«, fragte ich ihn noch einmal und hielt im die Klinge an den Hals.

Er riss die Augen auf, und auf einmal lenkte er ein. »Im El Divino in der Calle Alegría. Sie ist jeden Abend dort.«

Ich packte die Fetzen des Bildes, faltete sie zusammen und stopfte sie mir in den Hosenbund.

»Tun Sie Natalia nichts an«, hörte ich ihn flehen, als ich schon fast an der Tür war.

Auf einmal musste ich lachen, und immer noch schallend lachend kam ich vor dem Tanzsalon an.

Doña Práxedes beklagte sich über den schwachen Abend; sie ließ ihre Unzufriedenheit gerade an anderen Mädchen aus, als ich in einer kurzen Tanzpause ein Glas Wasser hinunterstürzte, und anschließend scheuchte sie Ignacio und Sebastián auf die Straße, damit sie jeden noch unschlüssigen Flaneur hereinlotsten.

Ich hatte den ganzen Abend ohne Unterbrechung getanzt und wusste schon nicht mehr, wie viele Tangos mit immer wieder neuen Partnern, denn »Monipole« konnte Doña Práxedes überhaupt nicht leiden. Mir taten die Füße weh, und ich spürte eine wohlige Erschöpfung in den Beinen bis hoch zur Taille. Ich hätte mich gern kurz hingesetzt, aber sobald ein Stück zu Ende war, stand schon der Nächste mit der Marke in der Hand da und konnte es kaum erwarten, mich zu übernehmen und sich in den Tango zu stürzen.

Manchmal taten sie mir leid, diese einsamen Männer, die ihrem harten, hoffnungslosen Leben ein paar Minuten Glückseligkeit abrangen oder ein paar Minuten des Vergessens, denn das suchten sie fast alle.

In meiner ersten Zeit im Salon hatte ich befürchtet, sie kämen nur, um uns Frauen zu befummeln, und dass Ignacio und Sebastián ständig jemanden hinauswerfen müssten und ich mich beschmutzt fühlen würde. Aber nach und nach stellte ich fest, dass viele von ihnen wirklich nur zum Tanzen kamen. Sie sehnten sich nach Geborgenheit und Nähe und waren in Gedanken weit weg bei ihrer Braut oder Mutter, oder sie dachten an gar nichts und vergaßen sich einfach in der Musik und dem Treiben um sie herum, bevor sie wieder in ihre elenden Löcher verschwinden und für einen Hungerlohn schuften mussten, in einem der reichsten Länder der Welt, in das sie wie mein Vater und ich gekommen waren, um ihr Glück zu suchen.

Doch trotz der Hitze und meiner Erschöpfung ging es mir an diesem Abend gut. Es war lächerlich, aber ich fühlte mich als Wohltäterin, als wäre ich von den Barmherzigen Schwestern oder ein auf die Erde gesandter Engel, der ihnen trotz seines schwarzen

Kostüms und der fehlenden Flügel eine Ahnung vom Paradies gab.

Da erblickte ich ihn, und alles stand still, obwohl ich weitertanzte.

Mir blieb das Herz stehen, als ich Diego mit Doña Práxedes reden sah, sein entwaffnendes Jungenlächeln, das den ganzen Salon erhellte, als wären alle Lampen angegangen.

Auch Doña Práxedes lächelte, dass ihr Goldzahn blinkte, und strich sich nervös ihre gefärbten Locken zurück. Die Mädchen, die an der Bar auf neue Kundschaft warteten, strichen sich die Kleider glatt, steckten sich Zigaretten an und warben mit ihren Blicken um ihn.

Ich wollte sterben, und als er sich schließlich von Doña Práxedes abwendete und auf uns zukam, klammerte ich mich Halt suchend an meinen Tanzpartner. Im selben Augenblick verausgabte sich der Bandoneonspieler in einer Schlusskaskade, und das Stück war zu Ende. Der Mann wollte schon eine weitere Marke aus der Jacketttasche ziehen, aber Diego fuhr dazwischen. »Jetzt bin ich an der Reihe, mein Freund«, sagte er zu ihm, ohne den Blick von mir zu lösen. Der Mann zog ab, und ich stand zitternd vor Diego.

»Señora, schenken Sie mir diesen Tanz?« Er hatte die ganze Faust voller farbiger Marken, und ein angespanntes Lächeln lag auf seinem Gesicht.

Ich sah zu Doña Práxedes, die nickte, dann verschwanden die Marken in meiner Tasche.

150

Eine Sekunde später, als die Geige einsetzte und
der herzzerreißende Bandoneonklang den Raum er-
füllte, war die Welt um uns herum verschwunden.
Wir tanzten, und ich spürte seinen Körper ganz nah
an meinem, seine Wärme, roch seinen männlichen
Duft, so stark wie rote Geranien nach dem Regen.
Wir waren allein, nichts mehr hatte eine Bedeutung. Diego und ich waren der Tango. Da dankte ich
Gott, dass er uns in dieses Land geführt hatte, und
alles hatte auf einmal seine Richtigkeit: dass María
Esther, mein Vater und Rojo gestorben waren, das
Elend, der Schmerz. Das alles war notwendig gewesen, damit ich diesen Augenblick größter Erfüllung
erleben konnte.

Als ich Natalia nach so vielen Monaten endlich in den
Armen hielt, war aller Gram verflogen. Kaum erklang
der Tango, schloss ich Frieden mit der Welt, und nachdem ich so lange bemüht gewesen war, mir meine
kühnen Träume aus dem Kopf zu schlagen, fasste ich
prompt neue Zukunftspläne.

Während wir tanzten und dieser Engel mich alles
Elend auf Erden vergessen ließ, träumte ich von Europa. Wir würden nach Finnland gehen, in dieses
schöne, ferne Land mit seinen blauen Seen und Eis-
blumen, und dort immer nur tanzen, wir würden alle
Tänzer auf der ganzen Welt mit unserem Tangofieber
anstecken und eine wahre Epidemie auslösen. Ich
würde Natalia, sobald ich mich ein wenig gefasst hatte,
dieses Glücksversprechen ins Ohr flüstern. Nichts

konnte uns mehr trennen, nun, da wir endlich zusammen waren.

Mit geschlossenen Augen genoss ich ihren an mich geschmiegten Körper, alles schien möglich, und in meinem Tangorausch vergaß ich die Ärmlichkeit des Salons, das Einwandererviertel, die begrabenen Hoffnungen derer, die uns neidvoll ansahen. Nach allem, was wir durchlitten hatten, hatten wir es verdient, glücklich zu sein.

Niemand sprach uns an, als das Stück zu Ende war. Ohne uns voneinander zu trennen, warteten wir darauf, dass die Musik erneut einsetzte und wir weitertanzen konnten, wir standen zusammen an einer Säule, und endlich sah sie mich an, und ich küsste sie.

Mein ganzes Leben war die Vorbereitung gewesen für diesen Moment. Dies war mein Ziel, bei ihren Lippen, ihrem Duft, bei dieser Frau, die zu mir gehörte, als wäre sie ein Teil von mir, auch wenn sie so rein und erhaben und vollkommen war, wie ich es niemals würde sein können.

Wir küssten uns lange, doch irgendwann bemerkte ich, dass es im Salon still geworden war, und sah auf.

In der Tür stand, eine Hand in der Jackentasche, die andere geballt an der Hosentasche, der rothaarige Deutsche. Er starrte uns an.

Natalia konnte ihn nicht sehen, weil sie mit dem Rücken zur Tür stand, aber sie bemerkte meine plötzliche Anspannung und schaute mich erschrocken an.

Wieder küsste ich sie, verzweifelt, fast wütend.

Dann stieß sie einen Schrei aus, riss die Augen auf und sank ohnmächtig in meine Arme.

Ich sah sie sofort, als ich den Salon betrat, noch ehe ich mich in dem schmuddeligen Lokal richtig umsehen konnte mit den an der Bar lümmelnden Nutten, der Meute Seeleute, die selbst gewaschen und gekämmt nach Motoröl und Männerschweiß rochen, der hinter der Kasse verschanzten rothaarigen Madame, die nach ihren Ordnern spähte, damit sie mich rauswarfen, ohne zu wissen, dass selbst Gott mit all seiner Armada aus Engeln und Teufeln nichts mehr hätte ausrichten können.

Denn dort standen sie und küssten sich vor allen Leuten.

Der Maler hatte mich belogen, als er gesagt hatte, sie hätten nicht zusammen Modell gestanden. Das ganze Viertel wusste längst, dass Natalia eine Nutte war, dass dieser Kerl, der sie öffentlich abknutschte, ihr Lude war, dass ich keine Wahl hatte, als sie beide zu töten, wenn ich noch irgendwem ins Gesicht sehen wollte.

Aber das alles dachte ich erst hinterher. In diesem Augenblick, glaube ich, dachte ich gar nichts.

Der Schönling sah mich und wurde blass. Natalia stand mit dem Rücken zu mir. Als ich sah, dass sie sich küssten, schnellte ich wie ein Adler im Sturzflug auf sie zu und rammte ihr das Messer in den Rücken.

Ich mied ihren Blick. Ich wollte nicht in ihre leuchtenden, sanften Augen sehen, die mir zum Verhängnis geworden waren. Ich wollte sie nicht um

Milde flehen hören, nicht für sich noch für ihn. Ich wollte nicht so schwach sein, ihr zu verzeihen. Ich wollte nur diesen Schmerz aus mir herausreißen, der mich wie eine Flutwelle überrollte und mir die Sinne raubte, der mich packte wie die Klauen eines wilden Tiers.

Er nahm sie in die Arme und lehnte sich an die Säule, und während er langsam zu Boden sank, sah er mich nicht eine Sekunde an; er sah sie an, während er ihr übers Haar strich, und flüsterte ihr etwas ins Ohr.

Ich bearbeitete ihn mit Fußtritten, begleitet von den ersten Schreien und Schluchzern. Ich wusste, dass ich nicht mehr lange Zeit hatte, dass die Ordner gleich zur Stelle sein würden, dass sie die Polizei rufen, dass alle diese Nutten über mich herfallen und mir mit ihren Krallen die Augen auskratzen würden. Dieser Kerl sollte endlich wie ein Mann aufstehen und das Messer ziehen, sich endlich zur Wehr setzen, um sein Leben kämpfen, mich vielleicht sogar töten.

Doch er war nicht Manns genug.

Mehrere Male stach ich zu, und noch immer klammerte er sich nur an Natalia.

Ich schleuderte die beiden Hälften des Bildes auf sie, dann drehte ich mich um, nach dem Blitzen einer Messerklinge spähend, doch sie hatten sich alle in den Ecken verkrochen und starrten mich erschrocken an.

»Feiglinge! Schwuchteln!«, muss ich sie angebrüllt haben.

Niemandem fiel ein, mich zurückzuhalten.

Da lagen sie vor meinen Füßen, in einer dunklen

Blutlache, die sich immer mehr über das abgenutzte, zerkratzte Parkett ausbreitete. Nachdem ich sie mir noch einmal angesehen hatte, kniete ich mich neben Natalia und zog ihr den Ehering ab. Ich hatte hier nichts mehr zu suchen. Was von nun an mit ihr geschah, hatte nichts mehr mit mir zu tun.

Unter den Blicken Hunderter Augenpaare wischte ich in aller Seelenruhe die Klinge an dem grünen Samtvorhang ab, dann ging ich hinaus auf die Straße. Es war eine frische Frühlingsnacht, und es roch nach Meer. Ich war am Ende, aber mit mir im Reinen. Ich lächelte.

Fünf

Mir scheint, Rodrigo, als hätten Sie in dieser Nacht gezittert und als hätte Sie etwas, das stärker war als Ihr Wille, an diesen Ort geführt, an dem Sie schon mehrmals etwas gesucht und nicht gefunden hatten. Aber die Gewohnheit trieb Sie noch einmal zu dem Häuschen in der Calle Necochea, das in einem früheren Jahrhundert einmal blau gestrichen und voller Leben gewesen und nun nur noch eine leere Hülse war.

Wie die anderen Male wuchs auf der Türschwelle Unkraut, die Fensterläden waren verschlossen und verstaubt, nichts deutete auf die Existenz dieser geheimnisvollen Frau hin, die Sie vor Monaten in Mitteleuropa kennengelernt hatten. Es war bereits November, eine erste Vorahnung auf den Frühling lag in dem feinen Nebel, der vom Hafen aufstieg und alles einhüllte, und in der nostalgischen Stimmung wurden verblasste Erinnerungen an rauschhafte Nächte, an Musik und Alkohol wach, so traurig und verlassen nun auch alles wirken mochte.

Ihnen kam der Gedanke, dass Sie diese Straße gern in einer anderen Epoche gekannt hätten, und während Sie verträumt die rötlich flackernde Straßenleuchte ansahen, haben Sie versucht, sich die alte Gaslaterne vorzustellen, die früher die Ecke zur Calle Olavarría erhellt hatte. Wirklich seltsam, an diesem Abend schienen Sie in die Vergangenheit blicken zu können, als wäre die Wirklichkeit nur ein zarter Schleier, hinter dem eine andere, unerhört echte, greifbare Wirklichkeit zum Vorschein kam; als hätte sich die gesamte vergangene Zeit hinter den dunklen Eingängen gesammelt, wo sie sich normalerweise vor den Leuten versteckt, und würde ihren Glanz nur dem enthüllen, der es verdiente.

Bevor Sie aus dem Nebel die Gestalt auftauchen sahen, hörten Sie Schritte. Hochhackige Frauenschuhe, die in langsamem Rhythmus auf den Asphalt schlugen und sich auf Ihren Herzschlag einstellten.

Zunächst haben Sie nichts weiter als diese langsamen, zaghaften Schritte wahrgenommen, die sich dieser bestimmten Tür näherten, hinter der sich irgendetwas verbergen musste. Am liebsten wären Sie in irgendein erleuchtetes Lokal geflohen, wo Tango gespielt wurde und herumsitzende Frauen auf einen guten Tänzer warteten. Es machte Ihnen Angst, im Nebel zu stehen und die herannahenden Schritte zu hören. Mit der rechten Hand haben Sie an Ihre Seite gefasst, als wollten Sie ein Messer greifen, das Sie nie besessen haben, dann zogen Sie die Hand erschrocken zurück, und eine innere Stimme sagte Ihnen, es könnte gefährlich werden zu bleiben. Aber die Angst, womöglich den lang ersehnten Moment der Begegnung zu verpassen, war größer, und darum kam Weggehen nicht infrage.

Endlich sahen Sie sie: eine schlanke hellblonde Frau, die langsam zum Hafen hinunterging. An ihren Lippen leuchtete die Glut einer Zigarette. Mit einem Mal war Ihre Angst verflogen.

Sie fühlten einen Stich der Enttäuschung, denn das war nicht die Frau, mit der Sie gerechnet hatten, doch etwas an ihren Bewegungen, an der Art, wie sie die Zigarette zwischen den Fingerspitzen der nach hinten fallenden Hand hielt, an ihrem schleifenden Schritt ließ Sie aufmerken und sagte Ihnen, dass auch sie an diesen Ort gehörte, als würde auch in ihr etwas Vergangenes, dem Nebel Entrissenes aufscheinen.

Ich weiß, Milena, dass Sie nicht damit gerechnet haben, dort irgendetwas zu finden, Sie sind zwar sensibel, aber als Einzelgängerin sind Sie viel zu pragmatisch, um zu glauben, die Zeit könne einfach wie ein Spiegel zerspringen. Dennoch zog Sie etwas, das stärker war als Ihr Wille, an einem feuchten Novemberabend in die Calle Necochea, und Sie waren bereit, eine weitere Niederlage hinzunehmen, wenn Sie sich später in Ihrem Hotelzimmer wieder einmal hätten sagen müssen, dass diese fixe Idee, die Ihnen den Schlaf raubte, nichts weiter als eine Folge Ihrer Übermüdung und Ihres Alleinseins wäre.

Sie haben sich von dem Taxi etwas weiter oben in der Calle Pinzón absetzen lassen, um noch einen Spaziergang durch den Nebel zu machen, der wie in alten Filmen vom Hafen her aufstieg, auch wenn keine Schiffssirenen mehr hupten und vollkommene Stille herrschte. Doch nach wenigen Schritten haben Sie das ganze Unternehmen schon bereut, und so haben Sie sich eine Zigarette angezündet und beschlossen, nach einem kurzen Besuch bei dem Ihnen längst bekannten Häuschen in der Calle Necochea weiter zum Caminito zu gehen und sich beim Klang eines Akkordeons nach einem guten Tangotänzer umzusehen, um sich in die andere Welt, in die andere Zeit tragen zu lassen, und vielleicht, so Ihre lächerliche Hoffnung, würden Sie ihm dort begegnen, dem Mann mit dem pechschwarzen Haar und den grünen Augen, wie damals in der fernen verschneiten Stadt, wo Sie ihn verloren hatten.

Schon von Weitem haben Sie im flackernden Lichtkegel einer altersschwachen Straßenlaterne eine Gestalt entdeckt, an derselben Stelle, wo einst die alte Gaslaterne Zeugin der Serenade geworden war: eine sich schwarz gegen das Licht abzeichnende Männergestalt mit Mantel und Hut, deren Konturen von Nebelschwaden verwischt wurden.

Ihre Schritte wurden langsamer, und der Zigarettenstummel zitterte in Ihrer Hand, obwohl er es nicht war. Etwas an ihm berührte Sie, die Spannung seines Körpers, die Art, wie er den Hut zurückgeschoben hatte, wie er dastand vor der Tür des blauen Häuschens und Sie ansah.

Die blonde Frau kam mit unsicheren Schritten auf Sie zu, als würde sie zweifeln, ob Sie es auch sind. Da haben Sie sich zu ihr umgedreht, behutsam, um sie nicht zu erschrecken. Die Zigarette flog zur Seite und sprühte goldene Funken auf die Straße, dann geschah erst einmal nichts, eine lange Stille, ein tiefer Blick, mit dem Sie sich einander versicherten.

Es war, als wären Sie sich im Traum begegnet, auf halbem Weg zwischen zwei Leben, zwischen zwei Wirklichkeitsebenen.

Darum, Milena, haben Sie auch nichts dabei gefunden, diesem Unbekannten die Hand zu geben; er drückte sie kräftig, wie um sich davon zu überzeugen, dass Sie Wirklichkeit waren.

»Sie sind auch nicht zum ersten Mal hier«, stellte der Mann fest.

Seine Bemerkung überraschte Sie nicht, denn zu dem Zeitpunkt hatten Sie bereits eine Grenze überschritten, ab der alles möglich schien.

»Die Hoffnung, wissen Sie«, haben Sie, sein Verständnis voraussetzend, geantwortet. »Wahrscheinlich werde ich ihn niemals finden, aber wenn, dann hier. Und Sie?«

»Ich auch. Dabei habe ich ihr Porträt im Museum gesehen und weiß, dass es nicht sein kann. Sie hieß Natalia, und das Bild stammt von 1920.«

»Er hieß Diego. Sein Porträt ist aus derselben Zeit.« Sie haben sich noch eine Zigarette angezündet und lange auf die verschlossenen Fenster geblickt. »Ich schlafe schlecht, wissen Sie? Etwas treibt mich immer wieder hierher, so sinnlos es ist.«

»Ja. Mich auch.«

»Wollen wir reingehen?«

Der Mann sah Sie verwundert an. »Wie denn? Haben Sie den Schlüssel?«

Anstatt zu antworten, haben Sie die Finger unter eine lose Fliese auf der ersten Stufe geschoben und einen verrosteten Schlüssel hervorgeholt. So oft haben Sie schon vor diesem Haus gestanden, und nie war Ihnen eingefallen, nach einem Schlüssel zu suchen, doch auf einmal wussten Sie, dass er immer unter dieser Fliese gelegen hatte.

Wortlos haben Sie ihn ins Schloss gesteckt, und mit ein wenig Gewalt schwang die Tür auf und gab den Weg in das dunkle Innere frei.

Ein staubiger, muffiger Geruch schlug Ihnen entgegen, als hätte er jahrelang auf den Moment gewartet, aus seinem Gefängnis zu entweichen.

»Da drinnen ist bestimmt niemand.« Ihr Sopran klang gedämpft, als wäre Ihre Entschlossenheit, mit der Sie die Tür geöffnet hatten, auf einmal verflogen.

»Nein. Bestimmt nicht. Aber vielleicht begreifen wir das jetzt endlich und können dann besser schlafen, meinen Sie nicht?«

Der Mann zündete ein Streichholz an und ging voraus durch einen langen Flur, in dem es wie in einer Krypta roch. Rechts führte eine Treppe in den oberen Stock. Links ließen Grind und übrig gebliebene Töpfe auf eine Küche schließen. Sie sahen eine ehemalige Stube mit einem zerschlissenen Sofa und kaputten Tisch, das Esszimmer hing voller Spinnweben und lag unter einer schon zur festen Ablagerung gewordenen

Staubschicht, und im flackernden Licht des Streichholzes funkelten leere Flaschen und die Scherben des zersprungenen Büfettspiegels.

Dann sind Sie in den überwucherten Hof gegangen. Nach der drückenden Düsternis im Haus kam er Ihnen vor wie ein Paradies. Aufatmend haben Sie Ihre Blicke über das Gestrüpp schweifen lassen. Ein Baum voller gelber Blüten verdeckte zur Hälfte den Himmel. An einem Ast hing ein dickes Seil mit einer Schlinge.

Sie waren nicht unbedingt überrascht, trotzdem fuhr Ihnen ein Schauder über den Rücken.

»Was glitzert da auf dem Boden?« Sie haben Ihre helle, blau geäderte Hand auf seinen schwarzen Mantelärmel gelegt.

Noch ein Streichholz. Mühsame Schritte durch Gestrüpp und Stacheln, die sich in Hosenbeinen und Strümpfen verfingen.

»Vorsicht. Das Gestrüpp ist strohtrocken.«

Unterhalb des Seils, auf dem Boden, lag zwischen den einzelnen Knochen eines menschlichen Skeletts eine verrostete Quittengeleedose. Im Lichtschein des Handys haben Sie sie mit zitternden Händen geöffnet. Drinnen lagen argentinische Geldscheine, mit den Jahren brüchig geworden, zwei fleckige Schwarz-Weiß-Ansichtskarten und ein Ehering.

Auf der einen Ansichtskarte befand sich das Goldene Dachl in Innsbruck und auf der anderen das alte Rathaus in Landsberg an einem Markttag. In dem Menschengewimmel war links, mit Füller eingekreist,

163

ein kleiner Mann mit einem Kesselflicker- oder Scherenschleiferwagen zu sehen und neben ihm ein kleiner Junge mit langen hellen Haaren, der direkt in die Kamera blickte.

Im fahlen Schein des Handys haben Sie einander angesehen, und währenddessen enthüllten Ihnen die Augen des jeweils anderen die Geschichte des Hauses und Ihre Geschichte, die damit begonnen hatte, dass Sie bei einer Begegnung, die eigentlich nicht möglich war, die Leidenschaft des Tangos entdeckten. Aber das war noch nicht alles. Sie wussten beide, dass noch ein Steinchen fehlte, erst dann würde die Geschichte, die vor achtzig Jahren nicht hatte sein dürfen, ihren Abschluss finden.

Langsam, fast unbewusst, haben Sie sich einander genähert. Eine blasse Hand streichelte eine unrasierte Wange, Lippen berührten eine blonde, fast weiße Haarsträhne.

Lange haben Sie sich in dem dichter werdenden Nebel angesehen, vor Ihnen der Baum mit den gelben Blüten.

… in Natalias Haus, das ich nie betreten habe, außer an dem Serenadenabend …

… in meinem Haus, in dem Hof, in dem ich mich am Tag meiner Hochzeit gebadet habe …

… in dem Haus in der Calle Necochea, vor dem Sie so oft, auf so vielen Reisen gehofft haben, dass das Wunder geschähe.

Sie haben die Gebeine und die Blechdose in dem

verwilderten Hof zurückgelassen und das Haus verlassen, und während Sie Hand in Hand die Straße hinuntergegangen sind, haben Sie sich immer wieder verstohlen angesehen, so als wollten Sie sich über etwas vergewissern, das Sie allmählich zu begreifen begonnen haben.

Sie sind im Nebel durch die verlassenen Straßen gegangen, und geführt von einer schemenhaften, gar nicht Ihnen gehörenden Erinnerung sind Sie in der Zeit zurückgegangen, Straßenlaternen sind auf Ihrem Weg erschienen und verschwunden, und irgendwo weit weg spielte eine Ziehharmonika eine fremd klingende Melodie.

In der Calle W. Vilafane kurz vor der Calle Alegría sind Sie vor dem Gebäude einer Schifffahrtsgesellschaft stehen geblieben. Um diese Uhrzeit war das Gebäude verschlossen und dunkel, doch durch die Türen lockte Sie Musik, und da wussten Sie, dass alles möglich war und dass Sie dort drinnen eine Welt erwartete, die Sie sich kaum vorstellen konnten. Vielleicht warteten Diego und Natalia dort auf Sie, an diesem unvorhergesehenen Ort, an den man Sie in so vielen Träumen in so vielen Hotels hinbestellt hatte.

Sie haben sich angesehen und dann die Tür nach innen aufgeschoben.

Einen Moment lang war Ihnen, als würden Sie vor sich die verstaubten Kristalllüster sehen, die langen grünen Samtvorhänge, die Marmortheke, die Musiker in schwarzen Anzügen und Krawatte… Sie nahmen sogar die Ihnen entgegenschlagende Hitze und den

Alkoholdunst und den Schweiß der Tango tanzenden Paare wahr.

Eine Sekunde darauf haben Sie in einer gespenstischen, staubigen Lagerhalle zwischen altem Gerümpel gestanden.

Und in Ihrem Inneren begann etwas zu schreien, als würde etwas aus Ihnen herausgerissen, während Hände und Lippen andere Hände und Lippen wiedererkannten, die sie genau an diesem Ort beim Klang des Tangos verloren hatten.

Rodrigo, Milena, Sie haben uns so leidgetan, Sie konnten doch nicht wissen, dass wir fast ein Jahrhundert auf dieses Wiedersehen gewartet haben, dass wir allein und verloren herumgegeistert sind. Während sich die Welt um uns herum gewandelt hat, haben wir darauf vertraut, dass wir eines Nachts bei einer Milonga, beim Klang des Tangos endlich an den Ort zurückkommen, wo alles begann. Jetzt sind wir zurückgekehrt, auch wenn nichts mehr so ist, wie es einmal war. In anderen Körpern, mit anderen Namen, aber wir haben es geschafft, dank Ihnen, die Sie nun nur noch ein verlorener Schrei zwischen den Welten sind.

»Diego?«, flüstere ich mit einer Stimme, die nicht meine ist.

»Natalia?«, sagt er und sieht mich wie damals zum ersten Mal mit seinen feurigen Augen an, die nicht mehr grün sind.

Wir küssen uns lange, während der Nebel draußen immer dichter wird, im Salon der bunten Marken, in unserem alten Viertel, welches Zeuge unseres Anfangs und unseres Endes gewesen ist.

»Was wollen wir jetzt machen?«, flüstert mir Natalia fragend ins Ohr, bebend, ohne sich aus meinen Armen zu lösen.

»Tanzen, mein Kleines«, antworte ich ihr. »Tango tanzen.«

Ich danke allen meinen Freunden und Bekannten, die mir auf die eine oder andere Weise beim Schreiben dieser Seiten geholfen haben.

Gustavo und Luciana, in deren Wohnung in Buenos Aires wir unvergessliche Tage verbringen durften; Petra Möderle, die mir trotz Übergepäcks von ihrem Argentinienaufenthalt Bücher, Karten und Fotokopien mitgebracht hat; Mario und Ruth von Libertango in Innsbruck, die uns ermuntert haben, uns für Tangokurse einzuschreiben, auch wenn wir nicht regelmäßig hingingen und ich eben nur eine Worttänzerin bin; Biggi Steurer vom Archiv Textmusik in der Romania an der Universität Innsbruck, die über ein Jahr warten musste, bis sie die Bücher und CDs zurückbekam, die ich mir ausgeliehen hatte; allen Spezialisten für Tango und Gesellschaft in Buenos Aires, deren Texte ich – gedruckt oder im Netz – mit großem Genuss gelesen habe; und wenn sich in meinem Roman dennoch ein Fehler findet, bin allein ich daran schuld; ich danke Homero Manzi für den Tangotext am Anfang des Romans, den ich erst fand, als ich schon zu schreiben begonnen hatte; Sabine März-Lerch und unseren Freunden in Landsberg für ihre Begeisterung und ihre Stadt; Chavi Azpeitia, der mich aus dem Gewirr an Erzählstimmen befreit hat, in dem ich mich verfangen hatte; und noch einmal Ruth und Mario, Gertrud, Wolfram und Michael, den besten Lesern, die man sich wünschen kann, für ihre Freundschaft und ihre wertvollen Vorschläge.

Klaus, meinem Mann, für seine Begeisterung, seine Beharrlichkeit und seine bedingungslose Unterstützung.

Und natürlich dem Meister Julio Cortázar, immer.

PENDO

Elia Barceló
Töchter des Schweigens

Roman. Aus dem Spanischen von Petra Zickmann. 416 Seiten.
Gebunden

Dreißig Jahre lang haben sie nicht darüber gesprochen, haben
sie gehofft, dass die Zeit die Wunden heilt und die Schuld
an Schrecken verliert. Bis eine von ihnen eine verhängnisvolle
Entscheidung trifft und damit ihr Leben verspielt.

Sieben Freundinnen, die Schatten der Vergangenheit und
ein Todesfall, der die Mauern des Schweigens zerbrechen lässt.
Elia Barceló erzählt eine atemberaubende Geschichte von
Liebe, Lügen und Verrat und steigert dabei die Spannung bis
ins beinah Unerträgliche.

»Elia Barceló muss den Vergleich mit den Werken von Car-
los Ruiz Zafón nicht scheuen.«
Wiener Zeitung

09/1043/01/R

Elia Barceló

Das Rätsel der Masken

Roman. Aus dem Spanischen von Stefanie Gerhold. 528 Seiten. Piper Taschenbuch

Was Amelia und Raúl verband, scheint unzerstörbar und hinter einer Mauer des Schweigens verborgen. Bis ein anderer Mann in Amelias Leben tritt und die Schatten der Vergangenheit heraufbeschwört. Ein Roman wie ein tödlicher Maskenball mit wechselnden Verkleidungen und unvorhersehbarem Ausgang – die Geschichte eines diabolischen Spiels namens Liebe.

»Die Spanierin Elia Barceló lotet jede Nuance in den Herzen ihrer Helden aus und findet für die zarteste Regung die passenden Worte. Ein eleganter Gesellschaftskrimi über die Grenzen zwischen Liebe und Besessenheit und über die Kunst, sein wahres Gesicht zu verbergen.«
Woman

Elia Barceló

Die Stimmen der Vergangenheit

Roman. Aus dem Spanischen von Stefanie Gerhold. 528 Seiten. Piper Taschenbuch

Als die Literaturwissenschaftlerin Katia Steiner in Rom den Nachlass eines bekannten Gelehrten ordnet, stößt sie auf ein rätselhaftes Dokument. Darin liest sie von Gemälden, die der Schlüssel zu einer längst vergessenen Zeit sind, und von einem geheimen Bund, dem »Club der Dreizehn«. Das ist für Katia der Anfang einer phantastischen Reise – eine Reise, die sie in eine völlig fremde Welt eintauchen und eine große, unbedingte Liebe entdecken lässt.

»Barceló beschwört mit wenigen Worten Stimmungen herauf und schafft Atmosphären, denen man sich als Leser nicht entziehen kann.«
Buchkultur

Elia Barceló

Das Geheimnis des Goldschmieds

Roman. Aus dem Spanischen von Stefanie Gerhold. 96 Seiten. Piper Taschenbuch

Celia, die Frau, die er nie vergessen konnte, seit sie ihn verführt und wenig später fortgeschickt hat: Ihr widmet der erfolgreiche Schmuckdesigner die schönsten Stücke seiner Kollektion. Und wenigstens ein einziges Mal muß er Celia noch wiedersehen … Kann die eine große Liebe die Gesetze der Zeit sprengen, die Realität besiegen? Mit ihrem melancholischen Roman gelang Elia Barceló nicht nur in Spanien ein fulminanter Überraschungserfolg.

»Die Spanierin Elia Barceló hat ein Schmuckstück an Textkunst geschmiedet. Geschickt verflicht sie die Zeitebenen, schürt sie die Sehnsucht, bis man es glaubt: Wahre Liebe stirbt niemals.«
Brigitte

Carole Martinez

Das Blau des Himmels zur Mittagsstunde

Roman. Aus dem Französischen von Helene Greubel. 432 Seiten. Piper Taschenbuch

Ein unscheinbares Nähkästchen eröffnet der jungen Frasquita eine völlig neue Welt. Mit den leuchtend bunten Garnen näht und stickt sie wunderbare Dinge, die das Leben der Menschen in dem abgelegenen südspanischen Dorf mit Magie erfüllen. Doch als sie selbst eines Tages in einem Aufsehen erregenden Hochzeitskleid zur Kirche schreitet, erntet sie damit nur Neid und Missgunst. Und so beschließt sie irgendwann, der Enge ihrer Heimat zu entfliehen, und bricht auf zu einer langen Reise durch den trockenen Süden in Richtung Meer …

»Martinez' Stil ist voller mächtiger Bilder, von einer großen poetischen Stärke und einer erschütternden Wahrheit.«
Le Monde des Livres

»Magisch.«
Joy